臺南作家作品集 第 14 輯

毋-捌--ê
台語短篇小說集

陳正雄 著

市長序

綿延如溪，潤物無聲

　　臺南，一座歷經漫長歲月的城市，自歷史的洪流中沉澱出豐厚的人文氣息。從先民篳路藍縷、拓墾立業，到今日巷弄街市間依然可見的傳統風華，這裡的一磚一瓦、一草一木，皆蘊藏著故事，也孕育著靈感。臺南的文學，正是在這樣的土地上生根、抽芽、茁壯，代代相傳，生生不息。

　　今年「臺南作家作品集」第十四輯隆重出版，每一部作品都是作家心血的結晶，也像是城市脈動的縮影，凝聚了地方記憶與當代情感。自二〇一一年首度發行以來，「作品集」持續擴展與深化臺南的文學風景，也見證了書寫者與讀者之間溫暖的交流。

　　臺南文學的可貴之處在於兼容古今，包納多元。不論是書寫歷史歲月的悠遠回聲，還是描摹當下人們生活的細膩觸感，這些文字如同溪流，涓涓細潤，悄悄滋養著城市的靈魂。臺語與華語交織，散文、小說、劇本、評論並陳，正是這種豐富而自在的創作活力，使臺南文學在臺灣文學版圖上綻放獨特的光采。

　　長年以來，臺南市民之珍愛土地、歷史與文化素享盛名，作家亦以筆為橋，連結古今，將府城的光影、街巷的聲音、市井的喜怒哀樂，化作動人的篇章。他們的作品不僅記錄時代，也撫慰人心，

讓人在文字間感受土地的溫度與城市的呼吸。

我始終相信，一座城市之所以動人，不僅在於它的建築與風景，更在於它蘊藏的故事，以及代代書寫這些故事的人。今日，「臺南作家作品集」第十四輯問世，正是這份城市記憶與精神的延續與祝福，我們藉此向過去致敬，也替未來播下希望的種子。

願「臺南作家作品集」第十四輯的六部作品如春雨潤物，於無聲之中滋養更多心靈；也願臺南文學如溪河，繼續綿延長流，在這一片文化的沃土上世代傳揚。

臺南市 市長 黃偉哲

局長序

文學，讓城市發聲
——在臺南的光與影中書寫時代

　　如果說一座城市的靈魂可以被看見，那一定是在她的文字裡。文學，總能在日常中挖掘出不尋常的閃光，在時間縫隙裡留下誠實的聲音。

　　對臺南來說，文學不是裝飾，而是與我們生活緊緊交織的氣息，是從廟埕到市場、從巷弄到書桌，一路延伸出來的生命紋理。

　　「臺南作家作品集」第十四輯，是對這份紋理新鮮且精彩的一次描繪。這一輯收錄六位作家的作品，不同的書寫語言，不同的創作形式，但都帶著同樣的熱度與真誠。他們筆下的臺南，或溫柔、或犀利、或懷舊、或實驗，無論題材或語感，都讓人讀來驚喜不斷。

　　我們看到龔顯宗教授回望知識旅程的沉穩與通透，看到蔡錦德以細膩幽默寫下臺南人情的光與影，也看到陳正雄、鄭清和、周志仁三位作家，讓臺語文學在小說中活蹦亂跳、不拘一格。陸昕慈則用劇場語言與歷史對話，創造出具當代意識的舞臺文本。這些作品證明，臺南的文學場域從來不是一條單線，而是如同城市本身，有著無數交錯豐富的可能。

這樣的多樣性,是臺南文學最迷人的地方。它既扎根於本土,也敢於張望世界;既珍惜語言的脈絡,也不害怕形式的突破。在這些作品中,我們聽見臺語的節奏、看見歷史的縫隙,也遇見過去不曾想像的臺南——不只是古老的,也可以是摩登、甚至前衛的。

　　文化局推動「臺南作家作品集」,不是為了將文學「典藏」,而是希望讓它成為流動的能量,走進書店、進入學校、走進社區,在各種日常中被閱讀、被討論、被喜歡。我們更期待,它能激起更多創作者投入文字的創造,讓寫作成為臺南文化生命的日常運動。

　　讓文學繼續發聲,讓臺南被更多人看兒、讀懂。這是一座城市送給自己的情書,也是一場永不止息的文化行動。

臺南市政府文化局 局長　黃雅玲

主編序

文學長河

王建國・臺南大學國語文學系教授

　　臺南，向來是臺灣文學與文化的首善之地：人文薈萃，作家輩出；老幹新枝，生生不息；古往今來早已匯聚成一道文學長河。夏日午後，豔陽高照，文化局召開臺南作家作品集編輯會議，巧合的是，七月十六日，也是一個很有歷史性及紀念性的日子：一九二〇年的這一天，《臺灣青年》雜誌在東京正式發行，後來即便迭經不同經營形態及更名：《臺灣》、《臺灣民報》（半月刊、旬刊、週刊）、《臺灣新民報》（週刊、日刊）……，都是當時臺灣文學與文化的重要園地，而本年度「臺南作家作品集」，繼往開來，也將成為臺南文學長河中，一道波光瀲灩的美麗風景。

　　本屆「臺南作家作品集」推薦與徵選作品共計九冊，一致獲得評審委員肯定與青睞，只是，受限於結集冊數，不免有所割捨，最後在評審委員一一表達意見及充分交流後，極具共識地——異口同音！——選出推薦作品：《拾遺集》與徵集作品：《每個晨讀都是簡樸的邀請》、《毋-捌--ê》、《再來一杯米酒》、《司馬遷凝目注視》、《拾萃》共六冊；深具文類（含括：散文、小說、劇本、評論）及語體（中文與臺語）的代表性與多元性。

龔顯宗先生《拾遺集》：龔教授集作家與學者於一身，出入古今，著作極為豐厚而多元，同時也是臺南文學與文化重要推手，曾獲第十三屆府城文學特殊貢獻獎。〈自序〉稱述學思歷程及說明各文來源，同時有得意門生許惠玟研究員對其學術之詳實評介，內容主要分成三卷及附錄，收錄早年罕見的文藝創作與學術研究彙編（沈光文的相關研究、梳理《池上草堂筆記》、〈西灣語萃〉選錄經典人生話語集錦並附上個人解析……）、出國講學、首屆世界漢學會議紀實等珍貴成果，見證其從文藝青年一路走來，成為桃李滿天下、卓然有成的學者專家；而不論其角色身分如何轉變，始終鍾情於文字、文學與學術。

　　蔡錦德先生《每個晨讀都是簡樸的邀請》：當中篇章多為副刊發表之作，質量均佳。內容分「寶島家園」、「心儀人物」與「海外旅情」三輯，係對個人生活周遭人、事、物（包括：文學經典的反芻、旅遊名勝的感懷、人類文明的思索……）的諸多體驗、觀照與省思，閱讀廣泛，且閱歷豐厚，整體而言，文筆流暢、雋永可讀，加以內容幽默詼諧、溫馨真摯，可謂現代小品文。

　　陳正雄先生《毋-捌--ê》：共收錄十篇臺語小說，包含三篇文學獎得獎作品。內容多取材個人成長經驗及鄉里故事，具個人傳記暨家族敘寫之意義，同時呈現一定地方色彩，語言流暢，故事動人。

　　鄭清和先生《再來一杯米酒》：題材內容質樸，或「寫市井小民生活的悲苦與無奈」，或「寫女性，為苦命的女性發聲」，多呈現臺灣早年生活經驗，作者擅長敘寫鄉里小人物的情感及生活點

滴,其中,〈無垠的黑〉以華語為主調,間亦融入生活化臺語語彙,情節緊湊,可讀性高。

　　周志仁先生《司馬遷凝目注視》:內容分甲編:「眾生的年輪」與乙編:「回歸質樸的所在——鄉土篇」,為歷來獲獎暨刊登作品之結集。小說技巧純熟,行文敘寫及創作內容,多帶有《莊子》、《金瓶梅》、唐傳奇……等古典文學色彩,且能從中翻出新意。〈司馬遷凝目注視〉猶如一闋臺灣史詩,與臺南也有深厚地緣關係,就題旨而言,作者或有意以史家之眼、之筆,鳥瞰與書寫臺灣歷史發展。

　　陸昕慈女史《拾萃》:主要收錄曾獲文化局及國藝會委託或補助之六部轉譯╱改編臺南歷史文化劇本(含三部布袋戲劇本),並於二〇一五至二〇二三年間實際演出,題材內容多元,裨益地方文化發展,尤其,此間搭配作品影音連結(QR Code),更有助於案頭戲與舞臺演出之相得益彰。

　　去年,「臺南四〇〇」在大街小巷熱鬧展開,當時結集成冊,正好躬逢其盛趕上這波文化熱潮,而今年付梓面世則又恰逢「府城城垣三〇〇年」;其實,不論四百年抑或三百年——不能不說,也不得不說,臺南文化確實底蘊豐厚——這次出版各冊作品裡面也富含其元素,有興趣的讀者,不妨隨著作品裡的文字細細尋覓,相信定當有所收穫,而亞里士多德(Aristotle,三八四 B.C. 至三二二 B.C.)稱「詩(文學)比歷史更真實」,說不定也能從中發現更具本質與意義的內涵,同時享受閱讀與思考帶來的諸多樂趣。

自序

　　我足無愛,嘛足袂曉寫序。毋管是為家己、抑是替別人攏全款。是講,人一般出一本冊,上無總是愛有一篇序,看起來較成樣,按呢我就家己寫幾字。

　　這本小說攏總有十篇,頭一篇〈毋-捌--ê〉,台語讀做(m̄-bat-ê)。「毋捌」這个詞主要有三個意思:一是「不認識」、二是「不懂事」、三是「未曾‧沒有」。本篇篇中ê主角「毋-捌--ê」,就是一個逐家攏無啥知影伊ê她ê身世、來歷;伊嘛無啥知影社會上ê人情、世事;而且,幾十冬來,伊差不多毋捌開過鄉裡,又閣差不多逐工佇鄉內四界賴賴趖ê一个傳奇ê人物。

　　另外九篇,〈阿爸ê情歌〉、〈刺字佮刀khî〉、〈揣墓ê人〉、〈疼〉,寫ê主要是對過去ê生活印象佮回想;〈無眠ê人〉、〈無厝ê人〉、〈無面ê人〉、〈綴風飛去〉、〈伊〉,寫ê是後來佇這時ê社會經驗佮想像。悲歡哀怨、真假虛實,人生就是如此。

目 次

002 ──── 市長序　綿延如溪，潤物無聲
004 ──── 局長序　文學，讓城市發聲
　　　　　　　　──在臺南的光與影中書寫時代
006 ──── 主編序　文學長河　　王建國
009 ──── 自序

013 ──── 毋-捌--ê
035 ──── 阿爸ê情歌
055 ──── 刺字佮刀khî
081 ──── 揣墓ê人
101 ──── 無屑ê人
121 ──── 無眠ê人
139 ──── 無面ê人
153 ──── 綴風飛去
173 ──── 伊
199 ──── 疼

毋-捌--ê

　　敢欲相信，時間已經超過六十冬矣，年紀應該嘛欲倚八十歲矣。毋過，這幾十冬來，除了伊 ê 面貌、體型，看起來有加較無仝，伊 ê 生活、習慣，會使講完全攏無改變。除了做風颱、落大雨，抑是真特殊 ê 原因以外，伊猶是逐工透早就出門、天暗才轉來。伊毋是無閒咧食頭路、做工課，是四界去賴賴趖、抛抛走。

　　因為一直無人知影伊 ê 名姓、嘛無人知影伊 ê 身世；伊對任何人、任何代誌，嘛親像完全攏毋捌，所以庄裡 ê 人，久年來攏慣勢叫伊「毋-捌--ê」。

　　毋-捌--ê，聽講是佇「八七水災」了後無偌久，有一工 hiông-hiông 出現佇阮庄裡 ê 菜市仔。

　　伊看起來量其約仔佇十七、八歲彼个跤兜，人生做粗勇矮頓、烏面闊喙；一軀衫褲 thái-ko-nuā-lô、規个身軀 oo-lô-tsiap-tàng，應該是佇外口流浪誠久矣 ê 款。

　　伊日時佇菜市仔趖來趖去，一下仔看人咧刣魚、切肉；一下仔看人咧揀菜、洗蔥。有時陣，徛倚路邊擔仔恬恬仔看人咧賣物件；有時陣，坐佇亭仔跤裡戇戇仔看人咧食點心。

伊毋捌開喙共人討、嘛袂去伸手共人提。有 ê 人驚伊無正常，見若看著伊，就趕緊離開；有 ê 人嫌伊無清氣，影響著生理，會共伊趕走；嘛有 ê 人看伊誠可憐，腹肚枵無通食，會分一粒肉粽抑是一個碗粿予伊。上特別 ê 是，伊會四界去抾人擲 thó-kak ê 薰頭來哧。

　　佇彼個年代，阮這款草地所在，生活猶真單純，人口嘛誠罕得遷徙，蹛佇庄裡 ê 人，無論查甫查某、大大細細，應該攏有人熟似；若是當時，有在地人搬出去，抑是外地人搬入來，即時嘛隨會有人知影。毋過相連紲幾仔工落來，伊毋但日時攏佇菜市仔趖來趖去，連暗時都屈佇散市了後 ê 空擔仔位過暝，會當確定，進前無任何人看過伊，伊絕對毋是庄裡 ê 人；閣看伊衫褲一直攏無換，身軀應該嘛無咧洗，真有可能，伊是對外位仔一路流浪，來到阮這個庄頭。

　　本底，眾人是想講，伊應該會親像早前三不五時仔就會出現 ê 乞食婆抑是流浪漢全款，過一站仔，家己就會離開矣。想袂到，經過幾禮拜矣，伊猶是規工佇菜市仔行過來、踅過去。有較雞婆 ê 人，就走去報警。

　　管 - 區 --ê 先柔伊轉去派出所。因為伊攏毋講半句話，干焦目珠掠人金金看，問規晡嘛問無路理來，無法度，暫時先共留佇派出所。一方面，向頂司反應，查看佗位有通報失蹤 ê 人口無？一方面，四界貼告示，看有人會認得這個查某囡仔無？

　　就按呢，一段時間過去矣，猶是無消無息，這個「毋 - 捌 --ê」，

真正親像天頂跋落來，抑是塗空 bùn 出來仝款，無人知影伊 ê 名姓佮身分。連彼箍毋管佗位深山林內 ê 啥物死人骨頭，都有才調去挖挖出來 ê 管-區--ê，嘛無伊 ta-uâ。

因為伊無犯法，管-區--ê 嘛袂當一直共留咧派出所裡。毋過，放伊一个查某囡仔按呢四界趖，總毋是辦法。管-區--ê 只好去揣村長參詳，決定先毛伊去蹛戇伯仔 ê 彼間舊厝。

戇伯仔是庄裡 ê 羅漢跤仔，無某無猴、無親無情，家己一箍人蹛佇鐵枝路邊 ê 一間土墼厝，靠收歹銅仔舊錫咧過日，舊年破病過身去矣，彼間厝一直放空空佇遐咧飼蠓，予毋捌--ê 暫時會當遮風宓雨拄仔好。

是講，就算有一个岫通好窩，毋-捌--ê 猶是親像一隻野生 ê 動物，袂慣勢關佇籠仔內，除了暗時歇睏 ê 時間以外，伊全款規工佇外口四界賴賴趖、拋拋走。不而過，伊出現 ê 所在，毋但干焦是早前 ê 菜市仔爾。

開始，庄內四搵轉、大街小巷，對東爿面 ê 鐵枝路跤到西爿面 ê 蓮苞埤仔，對南爿面 ê 三塊厝到北爿面 ê 十米路，攏看會著伊 ê 形影；到尾仔，鄉裡十三聯庄、每一庄頭，唯上東爿 ê 山仔跤到上西爿 ê 火燒店，唯上南爿 ê 龜仔港圳溝，到上北爿 ê 急水溪大橋，攏留落伊 ê 跤跡。連一般人，較罕得行跤到，專門咧刣豬刣羊 ê 豬肚內佮干焦咧出山入土 ê 墓仔埔，伊都親像咧行灶跤仝款。會

當講,這段時間落來,毋-捌--ê,應該比管-區--ê較了解庄內每一位所在,絕對比鄉長較熟似鄉裡每一个角勢。

腹肚枵,伊沿路抾物件食;人若忝,伊清采揣所在坐。問伊話,毋知聽有無?無欲應你、嘛袂去插人。

是講,因為伊干焦四界行來行去爾,袂講會去烏白亂使來,所以一般正經ê大人,知影伊ê情形,除了同情伊,三不五時分一寡物件、提二領衫褲予伊以外,嘛慢慢仔慣勢伊ê存在,袂去揣伊ê麻煩。

顛倒是庄裡某一、二个較狡怪,孽淅ê猴囡仔,有時會刁意故,綴佇伊ê勼川後共創治,大聲叫伊「毋-捌--ê」、「番仔婆」抑是「痟查某」,有人閣會抾石頭共擲、提水球共khian、用炮仔共射。通常,毋-捌--ê,攏像無聽著,當做毋知影,恬恬仔做伊行。

彼工,草猴杰頭佮伊幾个細漢ê,食飽傷閒,又閣綴佇毋-捌--ê勼川後咧lān-muān。個一群人本底佇德元埤咧泅水、掠魚,看毋捌ê行過,一路綴伊到樣仔林。規點鐘久ê時間,伊除了沿路抾薰頭,若毋是行到電火柱邊,攑頭戇戇仔看,袂輸咧算電線頂懸有幾隻鳥仔;無就是來到樣仔樹跤,目睭金金相,那像咧揣樹尾頂生幾粒樣仔。

「痟查某,痟毋知,痟kah無穿褲;痟查某,痟毋知,痟kah

大腹肚……」有人感覺無聊,開始用話咧共糟蹋。看伊無反應,這个時陣,草猴竟然旋一 pû 尿佇塑膠橐仔裡,規个對毋-捌--ê ê 尻脊骿擲-過--去。

「我咧幹恁娘!」hiông-hiông,毋-捌--ê 跤步停落、斡頭過來,目睭轉大蕊、出力喝一句。這是伊頭一擺出聲,原來,伊毋但會講話,閣會曉幹譙。

紲落,伊規个人親像青狂牛全款,傱對草猴所徛 ê 所在去。草猴無張持去予喝一聲,驚 kah 戇神去,毋知欲按怎?

「阿娘喂,救人喔!」這時,毋-捌--ê 一手對草猴 ê 肩胛頭摸牢咧,一手唯伊 ê 後腦 khok 搧落去。草猴疼一下,人精神過來,規个身軀軟 kô-kô,褲底一包澹 lok-lok,un 倒佇塗跤,哀爸叫母喝救命。

紲落去,毋-捌--ê hiông-hiông 坐佇草猴 ê 胸坎頂,換伊一 pû 尿,直接 tsuānn-出--來。

彼个時陣,毋但草猴手下彼幾箍猴死囡仔走 kah 無看影跡,連四箍輾轉 ê 雞仔烏什嘛必 kah 看無半隻。等草猴厝裡 ê 大人趕來到現場,毋-捌--ê 早就毋知佗位去;草猴嘛已經四跤跋直直,死死昏昏去矣。

就按呢,草猴戇神戇神、死酸死酸,倒佇眠床頂三暝三日 tah-tah。毋管是去拜拜乞爐丹、抑是倩尪姨來收驚,攏無路用。

後來，草猴 ê 序大人聽內行 ê 人指點，拜託管 - 區 --ê 提三粒肉粽、二矸米酒頭仔佮一包新樂園 ê 去共毋 - 捌 --ê 安搭，等伊食 kah 飽脹飽脹、啉 kah 馬西馬西、噗 kah 爽快爽快 ê 時，先偷偷用一碗水去洗伊 ê 衫仔支尾，才閣共水捧轉去予草猴啉，按呢，草猴才總算回魂轉 -- 來。毋過，彼隻草猴此去煞變做「杜定」，不時懶趖、懶趖，攏袂閣再親像以前彼款 giàng 牙、氅鬏。

　　明知是家己 ê 囡仔狡怪作孽，對方又閣是悾悾戇戇。好佳哉，無出啥物大問題，草猴 ê 爸母嘛無想欲計較，代誌就按呢準拄好去矣。以後，庄仔內無論大大細細，嘛無人敢閣去糟躂伊毋 - 捌 --ê。

　　日子就按呢一工一工過去。毋知佇啥物款情形下，hiông-hiông，有人先發覺毋 - 捌 --ê 若像捾一粒腹肚愈來愈大 khian，後來閣有人看著隔壁老 - 李 --ê 竟然佇伊 ê 厝裡出出入入，閣過無偌久，就有人聽著紅嬰仔暝日咧哭 ê 聲矣。

　　老 - 李 --ê，是對中國湖南過來，陸軍士官長退伍 ê 老芋仔。伊對軍隊退伍了後，毋知啥款 ê 原因，一路來到阮東勢頭這个小庄頭鐵枝路跤 ê 一間破厝仔蹛 - 落 -- 來。又閣毋知啥款 ê 原因，去牽著彼个啥物攏毋知，連名連姓攏毋知 ê 毋 - 捌 --ê，二人後來竟然按呢鬥陣十外冬，閣生一个後生——灶雞仔。

　　佇阮這款草地所在，勿講是幾十冬前彼个猶閣真 pì-sù ê 年代，

就算是現此時,嘛罕得有外省人搬到遮徛起。個彼口灶,有影是誠特別 ê 組合,理所當然嘛變做阮庄仔內 ê 名人,會當佮彼个大好額人劉仔舍齊名,不而過,一个佇天、一个佇地爾爾。

老-李--ê,人生做矮矮肥肥、福相福相,誠好笑神、誠有人緣。伊佇菜市仔 ê 街仔尾租一間店面,早起時賣豆奶、饅頭、包仔佮燒餅,中晝歇睏,暗頭仔又閣開始賣外省仔麵,論真講起來,實在有夠拍拚。

規年透冬,毋管透早抑是暗時;無論寒天抑是熱人,伊差不多逐工攏穿一領草綠色 ê 內底衫仔,烏鼠色 ê 短褲 tsáng 仔佮彼雙烏 sô-sô 軍用 ê 布鞋。伊身軀有刺字,毋過佮一般竹雞仔彼款刺龍刺鳳、畫虎畫豹 ê 無仝款。伊正手爿刺「反共抗俄」,倒手爿是「殺朱拔毛」,褪腹裼 ê 時,閣會當看著胸坎止中央,猶畫一面青天白日滿地紅 ê 國旗。

佇阮東勢頭這款庄跤所在,平常時仔,就算是某某人個兜 ê 豬母生幾隻豬仔囝,抑是某某人個厝裡 ê 雞仔鴨仔去予烏鼠咬死幾隻,攏嘛連鞭傳到厝邊隔壁去,何況這種轟動武林 ê 大代誌,聽講下仔就庄頭庄尾通人知矣。眾人議論紛紛,十喙九勻川:

「這隻外省豬仔真正有影恬恬食三碗公呢,看袂出來,遐爾好喙斗,連這伊也哺會落去」有人按呢咧鄙相。

「你那知影是老-李--ê 偷食 ê?我看無定你嘛有插一跤!」

有人刁工練痟話。

「這箍老芋仔這聲 báu 著矣，免費扶一个某，閣趁一个囝。」有人這款共搝洗。

「想袂到這个『毋-捌--ê』閣會曉生囝？」嘛有 ê 人 hiông-hiông 才去想著，毋-捌--ê 竟然是一個查某人。

閒話講罔講，毋管按怎樣，大部分 ê 人猶是替個感覺歡喜，總算二人有伴，會當相照顧。不而過，灶雞仔出世都猶未滿月咧，毋-捌--ê 又閣恢復正常，透早無閒到暗，去外口咧出巡矣。士官長嘛照常喙仔笑微微，透早到暗無閒，佇店裡做生理。灶雞仔後來到底是按怎大漢 ê，無人共注意，嘛無啥人知影。

看士官長逐工家己一个人舞 kah 滿身重汗，無閒 tshih-tshih，毋捌看過伊歹過聲嗽、發過性地，不時攏是歡頭喜面、喙笑目笑。聽講，生理做煞，轉去了後，伊閣愛包辦厝內面大大細細 ê 工課。

「阿……無外省仔是佗一點咧毋好？遐爾好性，遐爾骨力。那像恁老爸，除了做伊 ê 工、種伊 ê 田，透世人敢捌看過伊共我鬥洗過一雙碗箸、一領衫褲？」莫怪阮阿母不時咧阿咾士官長。

所以論真講起來，老-李--ê 會使講是一个庄仔內公認 ê 好人，干焦有一項代誌例外，就是啉酒。當然，伊毋是像阮厝邊彼隻「醉龍」按呢，逐工照三頓啉，啉 kah 天天醉、醉天天，落尾仔醉 kah 變做一尾「死蛇」。伊大部分攏是佇過年過節 ê 時陣，抑是其它咱

外人毋知影原因 ê 情形下，才會啉酒。啉酒無要緊，上驚--人 ê 是啉酒醉了後，伊規个人完全反形、變相，親像電視台連續劇內底，彼隻去啉著符仔水，煞來現出原形 ê 妖魔鬼怪全款。

「消滅萬惡共匪！解救大陸同胞！蔣總統萬歲！中華民國萬歲！」若毋是用伊彼款人聽無啥有 ê 外省腔，喝幾句仔咱攏記 kah 牢牢 ê 口號。

「我有一支槍，扛在肩膀上，子彈上了膛，刺刀閃寒光……」無就是用伊袂輸狗聲乞食喉 ê 哭調仔，唱一大堆走音又閣變調 ê 軍歌。

「我操你媽個屄！狗雜種！王八蛋！老子宰了你全家！」閣紲落去，伊就開始唪幹譙、摔物件、起跤動手、烏白拍人矣。

每一擺，見若看著彼工灶雞仔規頭面喙破目腫、一身軀烏青激血，毋免想就知影，士官長昨暝又閣起酒痟矣，又閣共伊當做「萬惡共匪」咧「殺朱拔毛」矣。

起頭，厝邊頭尾知影這款代誌，閣有人會好心去共老-李--ê 苦勸，毋過較講嘛是攏無路用。後來，一方面想講伊拍囡仔是個兜 ê 家內事，外人嘛袂當按怎樣；一方面看伊燒酒痟起番顛講袂 huan-tshia，萬一若去搧著風颱尾加衰 ê，逐家沓沓仔就當做毋知影，無愛加管閒事矣。

會記咧彼擺是中秋節 ê 暗時，蹛佇鐵枝路跤附近 ê 厝邊，又閣

先聽著士官長厝裡底，傳來老 - 李 --ê 啐幹譙ê 聲音；閣再來，就是灶雞仔可憐咧叫毋敢ê 哭聲；照理講，紲落去應該就煞戲矣。當眾人有ê 幌頭有ê 吐氣，準備欲去歇睏ê 時陣，hiông-hiông，聲音又閣響起，無仝款ê 是這擺換做是一个查某人出力咧啐幹譙，猶有一个查甫人悽慘咧喝救命ê 叫聲。

一寡人感覺較奇怪，趕緊從 - 過 -- 去。無看無代誌，看一个險驚死：灶雞仔頭青閣目腫、勼跤兼攝手、宓佇壁角頭；老 - 李 --ê 身軀褪光光、四跤拔直直、倒咧塗跤兜；毋 - 捌 --ê 規箍人坐佇士官長ê 腹肚頂，一手扭士官長ê 頭鬃、一手提研麵粉ê 柴箍，大力一直摃、大聲一直譙……

江海伯仔佮金水叔仔膽頭較在、跤手較緊，一个趕緊出手去共阻擋、一个大聲走去喝救人。彼暝，老 - 李 --ê 予救護車載去省立病院急救，毋 - 捌 --ê 嘛予警察車載去派出所拘留。

是講運氣好，眾人緊發覺，經過透暝ê 手術、搶救，士官長雖然傷勢不只仔嚴重、佳哉性命無啥物危險，佇病院蹛一禮拜外，人就出院矣。毋過，自伊精神起來到轉去厝裡，無論警察按怎問，伊ê 講法攏仝款，干焦會記得彼暗啉酒了後，人就醉 kah 睏去矣，後來到底發生啥物代誌，伊完全攏無印象。

毋 - 捌 --ê 佇派出所關一暝，隔轉工，就算管 - 區 -- 有喙講 kah 無瀾，根本都問袂出一隻蠓仔胡蠅。後來，雖然共移送去地檢處，因為傷害罪是告訴乃論，士官長無要無緊、堅持無欲提告；毋 - 捌 --ê

悾悾戇戇，又閣毋知半項，檢察官就準挂好去，無共起訴。

彼擺代誌過後，李--家基本上無啥物改變。老-李--ê 全款逐工透早就出門，無閒做生理，天暗閣轉來厝裡煮飯、洗衫、款內頭；毋-捌--ê 逐工全款透早就出門，拋拋走、四界趖，天暗才轉來厝裡倚稠、食飯、過暝；灶雞仔全款無人去注意，平時伊是按怎過生活、後來伊是按怎轉大人？

「想袂到這个毋-捌--ê 力頭遐爾大、性地遐爾歹，聽講老-李--ê 予伊拍 kah 哀爸叫毋喝毋敢，跪佇塗跤做狗爬，差一點仔就無命夫。」

「逐擺啉酒醉就欲起酒痟，想講無人有伊 ê ta-uâ？結果假痟煞去遇著真痟，這箍老芋仔這擺有影去踢著鐵枋仔矣！」

「明明都好好 ê 一个人，哪會見若食酒就變相，無定著伊心肝內，真正有啥物秘密抑是苦情嘛有可能？」李--家無啥代誌，顛倒是庄仔內 ê 人，又閣佇尻川後留一大堆話屎。

無論別人閒仔話按怎講，老-李--ê 攏當做無聽著。平常時仔，伊照常咧認真拍拚做工課，過年過節猶原會啉酒唱歌喝口號。不而過，有一點無全款，伊酒醉了後，袂閣再像以前按呢唪幹譙、摔物件、起跤動手、烏白拍人矣。干焦會曉倒佇塗跤，開始先跮跮唸、紲落閣哼哼吼，逐擺攏唸 kah 喙涎流、吼 kah 目屎滴，毋知是咧唸啥物、吼啥貨？有一工，伊全款啉酒醉倒落去了後，就無閣再起來矣。

老-李--ê 過身無偌久，灶雞仔嘛對國小畢業，去台北講欲做

烏手、拍天下，後來煞變做殺手、走江湖。

　　毋-捌--ê 又閣恢復家己一个人 ê 生活，全款逐工透早就出門、四界賴賴趖。除了阮本底 ê 十三聯庄，伊繼續向東，跙過山仔崎，去到瓠仔寮 ê 山內斗底；伊一路往西，伐過急水溪埠岸，來到三股仔 ê 海口方面；伊有時現身佇南爿烏山頭水庫 ê 附近；伊有時露面佇北爿鹽水港街頭，伊行踏 ê 範圍愈來愈闊、愈來愈遠，強欲踏遍規个南瀛地帶。

　　彼冬，七月半才過無幾工，庄內上好額、一世人享受榮華富貴 ê 劉仔舍總算 khiau- 去--矣。劉仔舍攏總朆三个大某、細姨，在生 ê 時，各房頭私底下就不時咧犀牛照角矣；一下斷氣，眾某囝即時隨拆破面，公開起對嗆。有人計較風水攑袂好勢、有人窮分財產分無公平；對入木 ê 時辰到出山 ê 日子，逐家攏有無全 ê 意見；對封釘 ê 順序到墓牌 ê 排名，隨人嘛有家己 ê 拍算，真正有影是分袂平冤到二九暝。無法度，劉仔舍彼副百年福杉特製 ê 棺材，只好囥佇廳頭「打桶」幾仔月日。

　　這段時間，為欲展示眾囝孫 ê 敬意孝心，猶有劉阿舍 ê 福壽雙全，家屬無惜重本，專工聘請台南府城上大跤、上有名，靈寶派天德壇 ê 大法師張天德，蔫領五位高徒，親身為劉仔舍主持道教內底上介隆重、上大場面「無上黃籙拔度大齋三朝宿啟」ê 功德法會。也就是對頭一工 ê 發表、啟白、詣靈、開通冥路、度人經、冥王懺、

獻供;到第二工 ê 放三天赦、打城、祭藥、分燈、道場、請經、九幽懺、獻供;到第三⊥ ê 放九龍赦、宿啟、重白、進救苦表、救苦寶卷、獻供。相連紲三工三暝、無停無歇,功德才算順事完滿。

　　三工三暝 ê 功德做了後,通庄仔內 ê 人,總算予劉家 ê 囝孫感動 kah 準講無想欲知影個 ê 用心佮有孝嘛無可能。甚至,一寡年歲較濟、身體較稞 ê 厝邊頭尾,這幾工無暝無日、歹食歹睏,予個按呢舞弄落來,有人差一點仔就真正綴劉仔舍去西方極樂世界,陪綴伊繼續享受伊 ê 富貴榮華矣……

　　這款場面,一百冬來,捒無幾擺。庄裡 ê 老大人,有聽過 ê,袂超過十人;捌看過 ê,揣無到三个。一開始,確實有寡好玄 ê 人,專工走來鬥鬧熱,看無半晡久,逐家就沓沓仔無趣味矣。到落尾,連諸位大師、四方鬼神攏嘛舞 kah 忝 uainn-uainn、聽 kah 倦 tauh-tauh 矣。干焦一个人以外,伊透早到暗、自頭到尾,足足三暝三日,看 kah 雙跤無離、目珠無瞬,彼个人就是毋 - 捌 --ê!

　　毋但按呢,劉家家屬特別準備豐派 ê 牲禮佮腥臊 ê 跤尾飯,大部分嘛攏「普渡」對伊 ê 嚨喉空、「孝孤」對伊 ê 腹肚堀仔去矣。

　　彼擺法會了後,奇怪 ê 是,毋 - 捌 --ê 逐擺出去行路,無論佗一庄頭、啥物所在,見若有人咧辦喪事、做法會,伊攏知影、即時到位。

　　看是欲夯椅搬桌抑是鬥 tsih 銀紙,伊攏足自動、真骨力、做了

誠好勢。喪家雖然看伊人無啥正常，毋過熟似久了後，知影伊無話無句、袂吵袂鬧，嘛放心予伊鬥跤手。事後，提一寡做旬拜過 ê 罐頭、果子抑是甜湯、飯菜送伊，伊嘛無禁無忌，食 kah 歡頭喜面、喙笑目笑。

　　喪事 ê 過程，無論是靈堂布置 ê 三寶佛、三清道祖抑是十殿閻羅、十八地獄 ê 圖象，伊攏一幕一幕認真看，看 kah 迷 -- 迷、神 -- 神，那親像行入去另外一个伊熟似 ê 世界；抑是，彼就是伊原本出來 ê 所在？尤其是司公咧做法事、陣頭咧牽亡魂。伊更加是看 kah 目睭凸凸、聽 kah 耳仔趴趴，有時閣會綴人比手劃刀、開喙合喙，袂輸伊攏看捌、伊攏聽有全款。彼个時陣，你看伊，一點仔都無親像彼款頭殼無正常、精神有問題 ê 人，甚至，比一般人較入迷、較了解規个儀式 ê 意義。

　　若無特別 ê 原因，伊通常會自頭到尾，相連紲、逐工去，一直到綴人上山頭、回路關，喪事結束為止。予你感覺伊顛倒比人孝男、孝女閣較認真有孝。毋知 ê 人，無定會掠準，伊是喪家來咧相送 ê 親情、好友。

　　自從發生草猴彼件代誌了後，庄裡就無人敢閣去綴佇毋 - 捌 -- ê ê 尻川後，亂使來、創治伊矣。何況，這幾冬來，大部分 ê 人，嘛早就慣勢伊 ê 存在。

　　毋過，猶是有一寡食飽傷閒、無代誌做 ê 人，對伊 ê 行為感覺

好玄，想欲知影伊按呢行規工，到底是攏行去佗？到底是咧創啥物？跛跤麒麟仔，就是其中 ê 一个。

　　跛跤麒麟仔本底是無跛跤 ê。毋但按呢，伊少年 ê 時陣，生做是小可仔鮮頭、顯目；生活嘛過了不只仔逍遙、風騷。因為厝裡有錢，又閣是孤囝一个，佇彼个普遍猶真散赤、60 年代 ê 庄跤所在，咱一般人出門，若毋是用步輦 ê，極加是騎跤踏車爾。伊彼時就牽一台本田 150 仔 *oo-to-bái*，食飽閒閒，規个庄頭踅透透，四界去咧奢颺、臭沖矣。有一暝，伊先騎車去舞廳奅七仔，紲落去，閣載查某欲去酒家紲攤，無細膩，去挵著電火柱，毋但彼台本田 ê 挵 kah 變做歹銅舊錫；這隻麒麟仔嘛摔 kah 成做痞跤破相。

　　是講，厝裡有錢，毋免討趁，干焦靠一大堆祖公仔屎，伊就會當快活食穿、輕鬆迌迌矣。逐工，若毋是佇大廟 ê 門口埕佮人咧 thuh 棋子、拍納涼；就是佇篏仔店 ê 樹仔跤佮人咧啉燒酒、話虎膦。

　　彼工睏晝了後，麒麟仔又閣趕緊來到大廟埕欲揣彼箍江海仔討一下面子咧，昨昏一晡伊竟然相連紲輸江海仔三盤棋，輸 kah 連內褲都強欲 hông 褪去，這實在足有夠漏氣 ê 代誌。

　　當然，毋是逐个人攏親像伊麒麟仔 ê 八字遐好命、祖公遐靈聖，會當閒日閒閒免討趁，專門等咧食飯坩中央。來到大廟口，除了阿良仔彼擔煙腸擔佮路邊幾隻流浪狗，一寡棋子伴攏猶無看著影跡。

　　麒麟仔當咧無聊 ê 時，拄好看著毋-捌--ê 對廟埕頭前 ê 大路行過。伊一時好玄，彼台特製 ê 三輦車駛咧，偷偷仔綴佇毋-捌--ê

尻川後,看伊到底是咧變啥蛾?

　　大廟差不多佇阮庄裡 ê 正中央,廟埕頭前彼條大路因為定定有廟會、陣頭出出入入,會使講是庄裡上大條、上重要 ê 一條路。按廟 ê 正手爿,也就是西爿面仔直直行過去,就是菜市仔,市仔尾接台一線,正幹一直去,就是新營、嘉義……;倒幹沿路行,會到善化、台南……對面,一爿是派出所、一半是國校仔。這個路線,是毋-捌 --ê 上早出現,嘛是上捷出入 ê 所在,見若廟裡有活動,伊差不多攏會來鬥鬧熱。不而過,伊袂愛看彼款歌仔戲、布袋戲,嘛無合意一寡宋江陣、車鼓陣,伊上有興趣 ê 就是七月普渡,司公咧獻祭安魂;猶有年底做醮,道士咧開壇請神。逐擺,伊攏看 kah 毋知去行路。

　　毋-捌 --ê 沿路行,沿路抾薰頭,來到菜市仔尾,伊直接行過大路,徛佇國小 ê 大門口停一下仔,看東閣看西,毋知咧想啥。

　　Hiông-hiông,伊向北幹對學校倒手爿牆仔邊 ê 細條路一直行,才閣往南倒幹對學校後尾門經過;紲落,閣再倒幹對學校正手爿牆仔邊另外彼條細條路出來,拄好踅一个「ㄇ」字形。

　　共學校自頭到尾踅一遍了後,伊無倒轉來校門口,翻頭繼續向南,沿縱貫路跤一直行,經過嶺菝溝仔橋頂,往西爿落去。

　　跛跤麒麟仔一路綴到遮,心內愈想愈無對同。這條路,阮庄內大大細細、查甫查某差不多逐个攏知影,毋過,真少人想欲去,伊

毋-捌 --ê

是一條 khu̍t 尾路,也就是無尾巷。

這條路差不多五十公尺長爾,規个塗跤鋪塗炭屎、二爿邊仔栽木麻黃,四箍輾轉,攏是久年放拋荒、無人咧種作,發 kah 茂 sà-sà、長 lò-lò ê 茅仔草埔。尤其是下晡時仔,落西 ê 日頭若去予樹椏閘牢咧,風吹過來,予人一種暗毿、陰沉 ê 感覺。路 ê 盡磅,一間土地公廟徛佇邊仔,親像社區咧顧門 ê 守衛室全款。閣過去,規洋規片,懸懸低低,這是阮庄裡歷史上久長、所在上曠闊 ê 墓仔埔。

「駛個娘!這箍痟查某別位無欲去,無代無誌走來這个墓仔埔,敢講欲揣鬼?」跛跤麒麟仔躊躇一下仔,攑頭看日頭猶誠懸咧,喙齒根咬咧,決定繼續撩 -- 落 - 去,伊欲看這箍毋 - 捌 --ê 到底是咧變啥蠓?

毋 - 捌 --ê 來到土地公廟仔 ê 門跤口,直接坐佇矸墘頂,共伊沿路抾來 ê 薰頭摒 - 出 -- 來,一截一截仔 lia̍p 乎好勢,順手共人本底就囥佇廟裡咧點蠟條、燒金紙 ê 番仔火提來點。有 ê 食一、二喙,極加 suh 三、四擺,無偌久,一堆薰頭就噗了了矣!

毋 捌 ê 薰食了,先哈一下唏;徛起來、閣伸一下勻。紲落,喙裡誓誓唸、頭殼盪盪幌,開始比手劃刀,指天搝地。

阿娘喂!這箍毋 - 捌 --ê 是痟真正,抑是痟假影?」人宓佇十外公尺遠 ê 木麻黃樹仔邊。雖然,聽無清楚毋 - 捌 --ê 到底是咧唸啥碗糕?毋過,伊規年透冬佇廟裡咧出入,三不五時攏看會著紅頭

仔司公，也就是道壇 ê 道士咧做法會；伊佮庄內司公興仔毋但是自少年結拜兼換帖 ê 好朋友、又閣是長期褲頭結做伙 ê 燒酒伴、牌仔跤，定定去佮兜咧行踏，有影是親像司公仔聖桮仝一款。

俗語講：「戲館邊 ê 豬母，袂曉歕簫嘛會曉拍拍」，跋跤麒麟仔小可影一下就知影：毋 - 捌 -- ê 二支手起起落落，比 ê 定著是司公咧點香、畫符、請神、迎聖 ê 手勢；一雙跤前前後後，踏 ê 拄好是道士咧行罡、步斗、超魂、度鬼 ê 跤路；規個喙脣開開合合，唸 ê 正港是紅頭仔咧誦經、讀疏、呼懺、唸咒 ê 聲句……

毋 - 捌 -- ê 舞弄一搭久，閣坐落來原來 ê 砂墘頂，共進前食過、擲佇塗跤 ê 薰頭，閣一个一个抾起來看看、鼻鼻咧，確定無法度閣陝矣，才起身行對埔仔內入去。

麒麟仔看毋 - 捌 -- ê 行徙位，趕緊共車騎來藏佇廟邊，家己宓踞廟後，繼續觀看毋 - 捌 -- ê 欲變啥碗糕。

毋 - 捌 -- ê 佇一片闊茫茫 ê 埔仔裡踅出踅入、踅來踅去。有時陣，閣會無張持佇某一門毋知是啥人 ê 墓前停落來、看一下、念念咧，才閣行向別个墓頭去。就按呢，伊就親像管 - 區 -- ê 咧查戶口仝款，共規个社區巡過一遍。

咱嘛知影，逐位 ê 墓仔埔差不多攏仝款，除了清明培墓前後彼幾工較濟人、較鬧熱以外，普通時仔，若毋是有人咧出山，抑是有人欲抾骨，這款所在根本無人會行跤到。這个時陣，闊茫茫冷清清

ê 埔仔，干焦毋-捌--ê 佮麒麟仔二个人。無！應該講是二个活人爾。

　　麒麟仔愈想愈無對同，本來想講到遮就好矣，規氣趕緊翻頭做伊走。這個時陣，hiông-hiông 看著毋-捌--ê 閣有別 ê 齣頭。

　　毋-捌--ê 四界巡視了後，斡頭倒轉來停佇土地公廟斜對面十外公尺遠，一門看起來才落壙無偌久 ê 新厝頭前，雙手提一寡物件，若像樹枝仔佮草葉仔。

　　這門墓 ê 主人到底是啥人，麒麟仔嘛毋知影，毋過，伊會當確定，絕對毋是士官長佮灶雞仔。士官長過身已經幾落冬矣，伊猶會記得，當初時 ê 喪事是鄉公所派人來鬥發落，火葬了後，骨頭甕仔聽講是囥佇白河虎仔山軍人公墓 ê 塔裡；灶雞仔 ê 當初時離開庄裡去台北，後來就無閣再看過伊倒轉來矣，聽講因為犯罪，人猶關佇台北 ê 監獄。毋-捌--ê 佇庄內，除了這二個以外，無別 ê 親情，按呢，這會是啥人？

　　麒麟仔猶咧戇神戇神，毋知當時，毋-捌--ê 新 ê 戲齣又閣上場矣。

　　這擺，伊頭殼頂戴一个草箍，親像「法冠」；倒手攑一截柴箍，當做「龍角」；正手提一蕊樹椏，敢若「帝鐘」。伊每唸幾句，就吹角請神；每行幾步，就搖鐘招魂。聲嗽架式、鏗鏗角角；跤步佮手路、專門閣複雜。

　　閣來，伊雙手手指挾樹枝，當做銀紙捲，一下仔進三步、連鞭

仔退三步,一來是表示佇陰間地府點火焐光、引㤩亡魂行向好路;二來是欲來共守關小鬼獻錢買路,予伊亡魂會當順利出關離城。

紲落,伊一手提樹葉做葵扇、一手提草枝做絲巾,有時行進前、有時行翻頭,跤步慢慢拖咧趖、親像咧踏八字搖。

後手,伊共樹葉仔當做羽毛扇咧紡大扮、草仔枝成做四串巾咧搖大擺;雙手前後轉八字、雙跤來回輾碎步。

麒麟仔愈看愈著驚,這箍毋-捌--ê毋是烏白咧起痟,嘛無像清采咧搬戲,正正是咧牽亡魂,而且,伊一个人扮演規陣頭ê角色。

一開始,伊扮演「法師」咧通陰陽、度生死;閣再來,伊換做「尪姨」咧燒紙錢、焐路關;紲落去,變成來引亡魂、行過城ê「老婆」;落尾矣,化身接亡魂、往西方ê「小旦」。逐个角色,伊攏表現 kah 真-真--真、成-成--成,親像專業ê演員全款。

這个坎站,申時已經將欲過矣,日頭光去予樹仔尾閘咧,天色 hiông-hiông 變黯淡、冷風陣陣透過來,四箍圍仔茅仔草咻咻叫,若親像規个墓仔埔ê鬼魂全部齊現身出面咧觀看仝一款。麒麟仔這擺有影擋袂牢矣,趕緊徛起來想欲離開,無疑誤雙跤無力,規尻川頭頓凹坐佇塗跤兜,頂半身歪敧佇壁角頭,跋跤麒麟仔煞變做軟跤麒麟仔。

仝這時陣,毋-捌--ê活動嘛收煞。伊本底已經行對土地公廟前過矣,毋知是按怎,無張持踏翻頭,先看著壁邊彼台三輦車,閣

看著廟後彼隻麒麟仔。伊先掠麒麟仔金金相，目睭親像痟狗目；紲落對麒麟仔微微笑，面腔敢若痟鬼殼。

麒麟仔拄才流清汗 ê 身軀，hiông-hiông 一陣加懍恂，規個攏起雞母皮，一箍人三魂去了了、七魄散颺颺，就按呢死死昏昏去……

彼工轉來厝裡，麒麟仔相連紲三暝三日食袂落飯、睏袂入眠，目珠前一直看著毋-捌--ê 比手劃刀 ê 身影；耳空內不時聽見毋-捌--ê 叫魂唸亡 ê 聲音。按呢繼續落去，伊恐驚緊縒慢會佮彼箍毋-捌--ê 全款。無 ta-uâ，趕緊去揣伊 ê 道友司公興仔。

「無……你是去予魔神仔牽ㄥ，抑是查某鬼磕著，那會變按呢？」司公興仔看著跛跤麒麟仔欲死爿幌 ê 樣相，家己嘛掣一下。

「毋……毋是啦！啊……都無細膩，騎車去予跋一倒、驚一越！」麒麟仔就算是家己 ê 王兄柳弟，伊嘛毋敢共真相講出來。

司公興仔趕緊起壇、作法、全力驅魔、去邪，舞弄規晡，麒麟仔一條老命才拄倒轉來。自彼擺了後，麒麟仔勿講敢閣去好玄、鵲越，見若看著毋-捌--ê 出現，伊就自動閃 kah 遠遠、走 kah 離離。當然，伊嘛毋敢共彼工看著 ê 代誌講予任何人知。

毋-捌--ê 以後敢猶有閣去墓仔埔咧請神度鬼，因為無聽講有人佇遐看著伊 ê 風聲，所以咱嘛毋知影。不而過，會當確定是，伊全款逐工透早就出門、天暗才轉來；全款家己一人、無聲無說，佇庄頭內外四界踅、賴賴趖。

清明彼工，我轉去故鄉培墓，順紲去廟裡拜拜。行出來廟口 ê 時，拄好看著毋-捌--ê對廟埕頭前彼條大路行過，除了頭毛加較白、面路變較老以外，精神猶誠飽滇、跤步猶真猛掠，真正予你看袂出來，伊差不多將近八十歲矣，嘛已經按呢行過較加六十冬矣。

阿爸 ê 情歌

「你敢會曉彈彼條〈溫泉町 ê 悲歌〉？」

四十冬過去矣，到今，我猶不時會想起，彼工阿爸倚佇我房間 ê 門口，面仔笑笑，問我 ê 彼句話話。

考牢高中彼冬，參加新生訓練 ê 時陣，才知影學校，除了一般 ê 課程以外，猶有社團 ê 活動。每一个人，攏會當對學校開班 ê 項目內底，選家己合意 ê 科目，一禮拜上 2 節課。

自細漢對音樂我就誠有興趣。毋過，對咱這款庄跤所在、農民家庭出身 ê 散赤囡仔來講，啥物鋼琴、提琴彼款貴 sam-sam ê 樂器，勿講想欲去學，連摸都毋捌摸過。若是西樂社 ê 拍鑼、摃鼓，抑是國樂社 ê 挨弦仔、歕品仔，我又閣無啥趣味。

彼个時陣，電視台拄好當咧時行〈命運 ê 流星〉彼齣連續劇。男主角阿郎揹一支吉他，四界流浪走唱 ê 角色，確實有夠 tshìng 有夠 phānn。就按呢，我決定欲選「吉他社」。

開學了後，頭擺社團活動，指導老師宣布，每一个同學攏愛家己準備一支古典吉他，無 ê 人，老師會當代替你買，一支 1000 箍。

四十冬前 ê 1000 箍換做現此時，到底價值偌濟，我嘛算袂清

楚。干焦知影，彼陣食飯，一碗外省仔麵，差不多是 8 箍；一頓自助餐，應該袂超過 10 箍。若是稅厝，市內 ê 較貴，一般 ê 行情是 500 彼個坎站；郊外 ê 較俗，普通 ê 價數是 300 這個跤兜。

1000 箍，也就是講，是我 100 頓自助餐抑是 3、4 个月 ê 厝稅錢。我躊躇規晡久，毋知欲按怎？看別人攏登記矣，下課了後，才共老師參詳講，看會當後禮拜上課，才決定無？

彼陣，拜六閣愛上課半工。中晝下課，我即時坐火車倒轉去厝裡。規路，我一直咧想，欲按怎共阿爸開喙？坐到過站矣，猶毋知落車。

彼暝，我睏攏袂去。想著阿爸暗頭仔對田裡轉來 ê 時，規個人流 kah 滿身重汗、曝 kah 烏漉 tsiap-tàng ê 模樣，我根本毋敢開喙。

「阿爸，明仔載愛交 1000 箍予學校。」禮拜欲暗仔就愛轉去台南，中晝食飯 ê 時，我總算勉強共話 tsuh 出來。

阿爸聽了無講按怎，飯清采扒扒咧，碗箸囥落，即時就騎伊彼台古老溯古 ê *otobai* 出去矣。

「收乎好勢，後擺欲提較濟錢，愛量早講。」半晡久才轉來，共一個批囊仔交予我，伊甚至無問我提這條錢是欲創啥。

錢是阿爸臨時去揣朋友米絞松仔 luí 來 ê。我到今猶毋知影，後來，阿爸是愛糶幾百斤 ê 粟仔，抑是做幾十工 ê 土水，才有法度予去我買彼支吉他？

彼个年代,學校猶無宿舍,我佮濟濟蹛遠路ê學生仝款,攏愛家己佇外口稅厝。為欲省錢,我稅佇市外,安平附近、運河邊仔,一間5樓公寓,搭鐵厝ê厝尾頂。

　　頭一擺離開厝裡,家己一人蹛佇外地,若是想厝、心悶、睏袂去;抑是冊讀了、無代誌,我就共吉他提出來。

　　有時陣,面對年老ê府城佮孤單ê月娘,我會彈唱「悲情城市」、「荒城之月」;有時陣,欣賞黯淡ê運河佮恬靜ê漁船,我就獨奏「淡水河邊」、「博多夜船」。彼支吉他,是我上好ê朋友,陪我度過彼段,寂寞、憂愁ê少午時代……

　　佇規个吉他社內底,我應該算是上怪ê一跤。

　　除了老師指定ê練習曲以外,其它ê時間,同學若毋是學當咧流行ê校園民歌,就是彈出名經典ê西洋名曲。干焦我,彈--ê,若毋是阿公、阿嬤咧唱ê台語老歌,就是歐巴桑、歐吉桑愛聽ê日本演歌。

　　我會遐爾愛唱台語歌佮聽日本歌,主要是自細漢受阿爸ê影響。

　　昭和年初出世ê阿爸,雖然是第一名ê成績,對公學校卒業。毋過,因為厝裡散赤,毋但愛佮阿公去田裡鬥做穡,閬縫ê時,閣愛綴表兄去工地學師仔,加減趁寡所費,那有彼款身命通好繼續升學?

　　本底,伊是想講先做一站仔工課、加儉一寡仔所費了後,才想

辦法閣再讀冊,以後會當去日本留學,完成伊上大 ê 夢想。

　　想袂到,隔轉冬,日本就戰敗、投降矣。紲落去,社會動亂、經濟慘淡,平時含三頓都強欲食袂飽飯矣,那閣有彼款才調通好出國?

　　可能是知影,繼續讀冊、已經無望。10 冬後,阿爸 hiông-hiông 心肝掠坦橫,共本來儉欲出國 ê 錢,提去 hak 一台彼款有四支跤,毋但會使聽放送,猶閣會當囥曲盤 ê *liantsiku*。

　　佇彼个普遍散赤 ê 60 年代初,電視猶袂足時行,一般人厝裡有一台 *lajio* 就算袂穤矣,若講著四支跤 ê *liantsiku*,有影是揣無幾口灶有 ê。

　　毋但按呢,阿爸閣買一大堆曲盤,烏 ê、紅 ê、綠 ê、藍 ê 攏有,差不多攏是日本歌佮台語歌。

　　彼段時間,差不多暗頓食飽,一寡厝邊隔壁、親情朋友,就會來阮厝裡,準時收聽。聽講,阿母就是按呢,後來,去予阿爸拐--去 -ê。會使講,我佇阿母 ê 腹肚內,就開始咧聽曲盤矣!

　　等我出世,後來較捌代誌 ê 時陣,阿爸交予我一个重大 ê 任務:負責管理彼台 *liantsiku*。阮四个兄弟姊妹,除了我以外,別人攏袂使隨便去共用。

　　「*Masao*!放曲盤。」每擺,阿爸欲聽歌 ê 時,吩咐一聲,我

就先共罩布提開，才共蓋 khàm-kuà 掀 -- 起 - 來，閣共曲盤抽 -- 出 - 來，用絨仔巾拭拭咧，勻勻仔鬥入去盤座，共唱針輕輕仔囥 -- 落 - 去，紲落，歌聲就走出來矣。關起來 ê 時嘛全款，逐步攏愛照起工，袂當清采亂使來。

就按呢，佇猶未會曉看中文進前，我就聽過袂少 ê 日語歌佮台語歌矣。

高一歇寒 ê 時，我當咧痚吉他。

彼工佮凡通時仔全款，飯食飽，吉他提咧，我就開始守佇房間內面，專心咧練彈、練唱。

「你敢會曉彈彼條〈溫泉町 ê 悲歌〉？」hiông-hiông，去予驚一趒，毋知 tang 時，阿爸倚佇門跤口，面仔笑笑，開喙問我。

「會－－矣！」

自出世聽到大漢，聽 kah 強欲臭酸去矣，我當然會曉，彼條古賀政男作曲、野村俊夫作詞、近江俊郎主唱，ê〈溫泉町 ê 悲歌〉。毋過，我袂曉用日語演唱，干焦會當單音獨奏：

「伊豆重重 ê 山嶺　罩落黯淡 ê 月光
佇溫泉煙霧內底　燈火咧悲傷哀哭
啊！啊！今暗又閣來
走揣初戀彼時你 ê 形影

指頭彈落 ê 吉他　親像流浪 ê 孤鳥……」

　　彼个時陣，我吉他才學無偌久爾，雖然歌曲是真熟，毋過手路猶閣誠生疏，有幾个所在走音去，彈了實在無啥好。顛倒是阿爸，看起來足有興趣 ê 款，伊行入來坐佇眠床頭，一起頭，先恬恬仔聽我彈；紲落來，閣輕輕仔綴咧唱。以前攏無去注意，到 kah 彼日才知影，伊 ê 日語誠流利、聲音真好聽，一點仔都無輸予近江俊郎。

　　看伊聽 kah 遐爾仔入神，唱 kah 遐爾仔深情，毋知 ê 人，無定會掠準，佇日本伊豆深山內底 ê 溫泉鄉裡，誠實有一个初戀 ê 情人咧等伊。

　　其實，阿爸少年 ê 時，真正是有一个初戀 ê 情人咧等伊，不而過，毋是佇伊豆深山內底 ê 溫泉鄉，是佇瑞芳炭空附近 ê 戲院裡。

　　應該是自細漢去予散 kah 驚著矣，阿爸本底佇工地 ê 時，捌聽人咧講，炭空 ê 工課加較好賺食，工錢是一日二工價。為欲趁較濟錢，阿爸就佮幾个工伴做伙，去到台北瑞芳附近 ê 炭空，綴人去咧做炭工。

　　「以前佇工地，雖然逐工愛跙懸懸低；就算不時予日曝、雨淋，上無猶會當自由伸勻、大力喘氣，閣按怎講，嘛比入去彼款烏天暗地、濛煙散霧 ê 磅空裡較安心、較快活。就算是一日二工價，想想咧，猶是性命較要緊。莫怪人咧講：『入空挖土炭，性命去一半。』

確實有影。」入空 ê 頭一工，伊就後悔矣！

阿爸本底是想講，勉強做到過年前，伊就欲辭頭路矣。無疑誤，時到煞行袂開跤，不而過，毋是為欲趁錢，是因為愛情。

50 年代，台灣 ê 工業猶袂發展，土炭猶是誠重要的原料。因為價數好、工錢懸，毋但在地人，嘛吸引一寡外地人來討趁。有人就有錢，閣因為挖炭 ê 工課危險性較懸，精神壓力嘛較大，有 ê 人出空了後，就想欲去放鬆、消敨一下。所以瑞芳炭空附近 ê 市仔，酒家、餐廳、筊間、戲院等等 ê 娛樂場所，就按呢一間一間開--起-來。

暗時一到，有 ê 人趕緊去 tsàm 酒家，有 ê 人無閒去行筊間，規个瑞芳街仔，逐暝都鬧熱滾滾。

阿爸一來對博筊、啉酒無啥物興趣；二來一心干焦想欲儉寡錢爾，彼款所在，伊無意願嘛無才調俗人去。極加是久久仔去簐仔店，啉一杯仔米酒配一包仔土豆爾爾，大部分 ê 時間，伊攏去戲院看電影。

時間一下久，煞佮戲院門跤口，收票 ê 姑娘仔相意愛。後來才知影，這个查某囡仔 ê 老爸，竟然就是這間戲院 ê 主人，嘛是街仔另外一間酒家 ê 頭家。

阿爸人生做緣投、體格嘛是袂穩；做代誌骨力，個性又閣勤儉。毋但彼个查某囡仔真合意，頭家佮頭家娘對阿爸嘛誠滿意，毋過，干焦一个條件，要求阿爸愛予個招，因為個干焦單生彼个查某囝爾。

阿公、阿嬤相連紲生 6 个查囡，上尾仔才抾著阿爸這個後生，會當來傳後嗣、捧香爐耳。這馬，伊對南部去到北部做工課已經就誠費氣矣，紲落去，愛閣去予人招，以後二個老大人欲放予 sáng 飼？這款代誌，勿講阿公無可能答應，連阿爸家己嘛無法度接受。

　　本底，阿爸佮彼个查某囡仔約好，二人揣一工欲相𤆬做伙偷走。落尾，想著雙方面 ê 序大人，伊猶是放袂落彼个心

　　就按呢，阿爸看破倒轉來故鄉，鋤頭攑起來、鐵鎚仔提咧，認命去種田、做工。過無偌久，共伊進前趁來 ê 錢，提去買彼台 liantsiku，有閒 ê 時，就放伊 ê 曲盤，聽伊 ê 演歌，上愛聽 ê，就是彼條〈溫泉町 ê 悲歌〉。

　　會記得讀國小 ê 時陣，阮學校有一個老師，猶有隔壁班嘛有另外一個同學攏佮我仝名。阮老師講我 ê 名就佮美麗、淑惠……仝款攏是彼時流行 ê 菜市 ê 名，我聽了轉去，有淡薄仔無歡喜，轉去共阿爸問講，那會共我號這款遐爾俗 ê 菜市仔名？

　　「那會？那會俗？Masao 足讚 ê，足好聽 ê 呢！」阿爸聽我按呢講，誠無法度接受。後來才知，伊是共伊上合意 ê 日本音樂大師，也就是，〈溫泉町 ê 悲歌〉ê 作曲者 Koga Masao，來共我號名 ê。

　　後來，我每擺放假，倒轉去庄跤，攏會共彼支吉他做伙搝 -- 轉 -- 去。見若有時間，就提出來彈唱，阿爸若是無代誌，除了聽伊 ê 曲盤，嘛會叫我彈吉他予聽。我彈攏袂厭，伊仝款聽攏袂倦。就按呢，

彼支琴，就親像一條橋，予阮爸囝 ê 心思相接近；彼條歌，就親像一條線，共阮雙人 ê 感情搤做伙⋯⋯一直到我高三彼年，欲考大學進前。

高三彼冬，過年進前，阿爸自囡仔時陣做伙大漢 ê 好朋友，本底佇高雄咧開工廠 ê 清海伯仔，聽講生理失敗、了錢、關店，毋但家己欠銀行一褲屎，連阿爸借伊 ê 私寄，閣替伊做保 ê 貸款，嘛攏放乎倒，做伊去走路。

「這箍青海仔宓 kah 無看人，放個某仔遐欲哭欲啼、喝死喝活，咱想講話都無法度開喙，是欲按怎討錢？」彼工阿爸對高雄轉來，聽伊佮阿母講話，一直吐氣、幌頭。

「阿伊老母佇埤仔尾，毋是閣有一寡田園？」阿母聽人講，有 ê 債主 jiok 去清海伯仔個舊厝，揣伊 ê 老母討錢。

「老人干焦偆彼區園爾，我看早就攏予青海仔提去抵押了矣，那有通留咧？就算有，嘛愛靠伊食穿，咱敢講欲去逼伊替伊後生還數？」就算去予朋友辜負矣，阿爸猶是真惜情，無愛傷過分。

阿爸是單身囝，因為無兄弟，自細漢伊就真重朋友，共朋友攏當做家己 ê 親兄弟仝款，尤其是青海伯仔，是伊上信任、上尊敬 ê 好朋友、好兄弟。發生這款代誌，伊毋但傷心、又閣失望。

阿爸 ê 母錢去了了無要緊，因為做保，連帶閣愛替人還本金，無 ta-uâ，只好提田契去農會抵押。

看伊逐工按呢憂頭結面、袂食袂睏，咱做人後生 ê，心肝嘛誠

毋甘、真艱苦。

因為早前厝裡散赤,就算真拍拼讀冊嘛無才調升學,一世人,干焦會當摸田土、拱枋模。自細漢,就聽伊不時咧講:「工字永遠袂出頭、田字跤手伸無路。」準講賣厝賣地、準講做牛做馬,嘛欲向望伊ê後生,會當好好仔讀冊,以後毋才有路用,毋通像伊按呢,永遠過彼款「日來曝尻脊、雨來趁無食」ê生活。

「家用長子、國用大臣」這句話,阿爸不時掛佇喙邊,頭起先,伊共希望囥佇大兄ê身軀頂。

大兄頭殼好、身體勇、外表生做緣投、個性又閣活骨,未來,確實是一个優秀ê人才。

一開始,大兄嘛無予阿爸漏氣。毋但是佇彼屆查畝營國小縣長獎畢業,三冬後,猶閣是查畝營國中第一名畢業,而且是查畝營國中創校以來,第一个考牢台南一中ê學生。會記咧放榜彼工,議員、校長、鄉長、代表一大堆地方人士,相爭來厝裡恭喜、放炮仔、貼紅紙。

想袂到,一下去到都市,校內沉重課業ê壓力、校外繁華生活ê引誘,大兄冊愈讀愈穤、球愈撞愈好。

頭一冬讀了,三科無及格,頭一擺落第;第二年過去,四科無及格,直接與學校退學。原本是阿爸ê希望,煞變做阿爸ê惡夢;本來是庄裡ê光榮,煞成做庄裡ê話柄。

我自出世,就厚病疼、歹育飼,一箍人黃酸搭命、欲死溰幌,有一、二擺,閣予醫生宣布已經無效,倒佇眠床頂咧看日矣。

「毋知有法度飼大漢未,怎敢閣向望會讀冊無?」阿母不時按呢咧操心。

後來,毋知是按怎,我毋但身體愈來愈成物,成績嘛愈讀愈進步。落尾,閣以真懸ê分數考牢台南一中,阿爸tàm幾仔冬ê頭,總算會當閣再攑-起--來。

因為進前,阿爸ì做工伴水木叔仔,無細膩對工地ê樓頂跋-落--去、摔斷骹骨,袂當閣做工。

「受傷糊牛屎、死去家己埋。」彼个時陣猶無完整ê法律嘛無啥物保險,水木叔仔厝裡ê人,想講去揣頭家鬥出一寡醫藥費,頭家毋但無欲賠錢,竟然閣講彼款無天無良ê話。

後來告到法院,阿爸出庭去替伊做證,審判ê過程,感覺法律誠無合理、法官真無公平,坦護大頭家、欺負散赤人。所以,伊毋但向望我將來會當讀大學,以後閣會當做法官,替散赤人主持公道。

我讀高中ê時,成績誠好,正常ê話,應該會當考牢前三志願。我嘛一直想欲遵照阿爸ê希望,完成阿爸ê心願,去讀法律、做法官。

想袂到hiông-hiông發生這款去hông倒錢ê代誌。閣再加上,進前幾年來,放蕩莽撞ê大兄,真無簡單,才浪子回頭,補習1冬了後,舊年,總算考牢私立大學。按呢,阿爸是欲按怎負擔會起阮

二个兄弟仔 ê 學費，敢講，真正欲叫伊去賣厝賣地、做牛做馬？

聯考進前，填志願表，我臨時共本底是法商學系 ê 丁組改填做文史學系 ê 乙組，而且全部攏是師範大學 ê 科系。

隔轉工中晝，歇睏 ê 時間，導仔叫我去伊 ê 辦公室，我心內有數，知影伊揣我啥代誌？因為進前學校做過調查，我是選擇丁組。

「咱台灣需要法政方面 ê 人才，社會才會當進步、改變！」私底下，伊嘛捌問過我，知影我想欲讀法律，嘛真共我鼓勵。

「你毋是一直欲讀法律系，那會變按呢？」導 ê 手提我 ê 志願表。

「我感覺讀法律傷過忝，做老師較輕鬆。」我無想欲予知影厝裡 ê 情形，臨時編 1 个理由。

「照你 ê 成績，前三志願絕對無問題，無台大 ê，嘛有政大；讀法律即馬雖然較辛苦，毋過將來才會有前途。無愛讀法律，嘛會當讀商業。做老師食袂飽、餓袂死，有啥物路用？你看我教 10 幾冬矣，敢有啥物出脫？永遠攏嘛是替人咧做奴才！」師大國文系畢業，全款是庄跤囡仔、散赤家庭出身 ê 導師，一直希望阮有較好 ê 出路，有較大 ê 志向。

伊愈講愈激動、愈講愈大聲，看起來親像咧受氣。辦公室別 ê 老師攏攑頭咧看阮，掠準我做啥乜代誌。我感覺真歹勢，面攏紅起來。當然，我嘛知影，伊是咧關心我、毋甘我。

「你閣轉去想看覓咧好無,恁序大人敢有同意?若有啥物困難,會當共我講。」導ê日睭掠我金金看,淡薄仔無奈,嘆一口氣,再三共我交代。

「有啦,阮爸母攏有講尊重我ê意見就好。」我二冬來攏是品學兼優ê好?學生,想袂到竟然佇一日內底,相連紲騙老師二擺。

放榜彼工,無任何意外,照我ê志願,我考牢師大歷史系。看著錄取通知單ê時,阿爸無講啥物,無歡喜,嘛無受氣,仝款去種田,仝款去做工。當然,我知影伊對我誠失望。

當初時,國中畢業,仝時陣考牢台南師專佮台南一中,我本底是想講來去讀師專就好矣,因為感覺做老師嘛袂穤。

「做國校仔老師欲創啥!枵袂死,食袂肥,有啥物出路?台南一中是真好ê學校,後擺欲考大學嘛無問題。大學畢業,敢驚揣無好頭路?」阿爸知影了後堅持反對,伊希望我會當去讀一中,後來閣讀大學。

「咱陳家已經幾仔代攏出青暝牛,你共我好好仔讀冊,做一个大學生予祖公伽歡喜一下!」阿爸按呢共我苦勸。

想袂到,我雖然去讀高中、考大學,毋過踅一輦,仝款猶是倒轉來做老師!

先予上好ê朋友反背,害伊負債;閣予上疼个後生辜負,予伊傷心。我發覺,原本真有話講ê伊,話煞愈講愈少;進前無啥食薰

ê 伊,薰變愈食愈濟,親像欲共伊心內 ê 話句,攏化做無奈 ê 煙霧仝款。

「這寡錢,提去做所費,厝裡 ê 代誌,你勿想遐濟,我自然會處理。」去台北讀冊 ê 前一暝,阿爸提一个批橐仔予我。

「毋免啦!學校有公費,有夠通用。」我彼時有淡薄仔賭氣,無想欲提阿爸 ê 錢。

「身軀邊總是愛紮一寡,欲用就有,厝裡 ê 代誌,你勿烏白想遐濟。」後來,阿母共錢硬 seh 佇我 ê 褲袋仔,我才乖乖仔收起來。

大學四冬,一來為欲省車錢,二來想欲趁所費,假日,我攏去兼家教,真罕得倒轉去。後來,畢業、實習、做兵、教冊,我離厝 ê 路途愈行愈遠,轉去 ê 時間愈隔愈久,佮阿爸見面、講話 ê 機會嘛愈來愈少。

就算,過年過節,久久仔轉 -- 去一擺,我毋捌看伊聽過曲盤,伊嘛無閣叫我彈過吉他。

有一擺,我 hiông-hiông 想欲去開彼台 liantsiku 聽看覓,才發現伊已經袂振袂動、無聲無說,毋知啥物時陣就歹去矣。彼支吉他,幾仔冬來,嘛予我一直囥佇壁邊,無閣再彈過。

幾冬前 ê 中秋節前幾工,三更半暝,阿母青狂 khà 電話來,講阿爸佇便所中風昏倒,已經叫救護車送去奇美病院矣。

我透暝對台北趕 -- 轉 - 來，阿爸拄好手術結束，先留佇咧加護病房，　禮拜後，才轉過來普通病房。

　　「病人暫時無問題矣，毋過猶是有危險，愛隨時斟酌、細膩！」醫生特別吩咐。

　　阮兄弟姊妹隨人攏有工課愛做，袂當一直請假；阿母ê心臟無通好，嘛無法度規暝日顧病人。參詳了後，決定倩一個專門ê看護來照顧。阿母叫阮放心，這項代誌伊才來發落就好矣。

　　這段時間，我逐禮拜攏會轉來台南看阿爸，伊ê病情穩定穩定，阿母揣來ê看護是一个中年ê查某人，看起來真有經驗，熟跤熟手，共阿爸照顧kah誠好勢、真四序。隔一段時間，我閣再去病院ê時，看護已經換另外一个查某人矣。這个人ê年歲看起來佮阿母差不多，比一般通常ê看護加較濟歲。是講，伊全款共阿爸照顧kah真好勢，我嘛無加問。

　　下學期才開學無幾工，hiông-hiông閣接著阿母ê電話，講收著病院發ê病危通知，叫阮趕緊轉去。

　　我趕到病院ê時陣，阿爸已經昏迷矣。紲落，伊一直無閣精神起來。經過阿母ê同意，決定共阿爸送轉來厝裡。

　　彼二工，我一直陪佇阿爸ê身軀邊，我有真濟ê話想欲共伊講，毋過，已經無機會矣……

　　彼工下晡，阿兄、阿姊嘛攏轉來。我一時想欲過去早前ê舊厝

行行、看看咧,順紲揣一寡阿爸留落 ê 物件,收起來做紀念。

本底是想欲共彼台 *liantsiku* 搬 -- 轉 - 去。毋過,伊毋但落漆、褪色真嚴重,規个塑膠 ê 外殼,攏 hiauh 起來矣;木造 ê 機身,嘛予白蟻蛀 kah 大空細裂,恐驚一下徙動,就離離落落矣。一寡仔舊曲盤,嘛予早前 ê 風颱大水淹淹去,攏 tàn-thó-kàk 矣。

敢講,人生 ê 一切,毋管偌爾仔寶貴、若爾仔親密,終其尾矣,攏愛佇時間 ê 面頭前認輸,變舊變老、消失無看?

這 ê 時陣,我閣看著彼支吉他。

咖啡色 ê 外袋仔,早就破爛變色,頂懸攏是蛛蜘絲佮蟮蟲仔屎,恬恬倚佇壁角頭。

我徛佇頭前,看誠久、想誠久,才共伊提起來。共塊埃拌去,共外袋褪落,想袂到,伊佮早前全款。一支琴頭猶原直直,固執連佇琴身,完全無任何變形;五條琴線照常絚絚,堅持扭牢琴柄,一點仔都無放鬆。

三十外冬無看,伊就親像老朋友,一直用當初時 ê 模樣佮心情咧等我。

彼暗透暝,我共規支 ê 琴身詳細拭予清氣,共走音 ê 琴弦斟酌調予好勢。隔工早起,我坐佇阿爸眠床邊 ê 椅頭仔,用小可生疏、倒手 ê 手曲,輕輕仔扶咧;用略仔硬 tsiānn,正手 ê 指頭,慢慢仔彈落。

仝款是彼條，原本，古賀政男作曲；後來，葉俊麟寫詞、郭金發演唱，台語版 ê〈溫泉鄉 ê 吉他〉：

「彈彼條悲情戀歌　流浪到這位
月娘已經浮上山　伴阮咧吐氣
啊！啊！初戀彼个人
你因何這絕情恬恬來離開
吉他愈彈愈來　流出傷心淚……」

　　我 uān-nà 彈 uān-nà 唱，予音樂牽阮倒轉去早前 ê 舊厝，予歌聲毛阮倒轉去少年 ê 時陣。

　　Hiông-hiông，我看著阿爸強欲無脈 ê 氣絲，略略仔振動；已經死白 ê 面色，沓沓仔反紅；早就失神 ê 目光，慢慢仔回魂；二逝目屎，勻勻仔流落；一雙喙唇，微微仔咧笑……

　　過一下仔，阿爸就過身去矣。

「恁老爸一直無予你知影，嘛毋予我講。當初時，伊毋是因為你無照伊 ê 向望去讀法律，咧對你受氣；伊是想著因為伊 ê 負債，害你委屈去讀師範，咧怨嘆家己。恁爸仔囝攏仝款 ê 固執，心內話攏無欲講出喙。恁阿爸少年 ê 時陣足勢讀冊，嘛足愛讀冊，毋過因為恁阿公厝裡傷散赤，無才調予伊繼續讀落去，伊毋才會去做工。

這項代誌對伊這世人傷害足大,伊上大 ê 心願,就是希望恁兄弟仔會當好好仔讀冊,將來才會有出脫,毋通佮伊全款,按呢做工做穡、做牛做馬。只要恁若有欲讀,無論讀到佗,準講愛賣田賣地,伊嘛甘願。」阿爸過身了後,過一段時間,阿母才共我講,阿爸伊這幾冬來 ê 心情。

久年來,我一直認為,是我違背阿爸 ê 心願,予伊對我失望;嘛不時想講,阿爸袂當體諒我 ê 心情,家己感覺委屈。有幾仔擺,我想欲揣時間,共伊解釋,攏講袂出喙。

這款心情,我那會攏無想過?一个小小 ê 誤解,竟然予二个互相疼愛 ê 人,按呢長期咧折磨家己、傷害對方!

這幾冬來,阿爸做忌彼工,我攏會轉去故鄉共伊燒香、拜拜。了後,我攏會提彼支吉他,彈彼條伊上愛 ê 情歌〈溫泉鄉 ê 吉他〉予聽。

我 uān-nà 彈 uān-nà 唱,茫霧 ê 目珠,若親像閣看著阿爸,有時徛佇門跤口、有時坐佇眠床頭;有時恬恬仔聽阮彈,有時輕輕仔佮我唱,一遍閣一遍、一遍閣一遍……

後記：阿爸過身了後，有一擺我轉去故鄉，佮阿母開講。講仔講，就講著阿爸ê代誌。阿母講，阿爸少年ê時，本底有一个查某朋友，因為一寡原因，落尾無來鬥陣。幾冬後，阿爸已經娶某，嘛生阮四个兄弟姊妹矣。有一工，彼个查某囡仔偷偷仔來揣阿爸，招阿爸佮伊做伙離家出走，阿爸講伊有某有囝矣，就共拒絕。阿爸過身進前，彼个查某人毋知是對佗聽來，知影阿爸入院ê消息，閣揣對厝裡來，拜託阿母上尾這段時間，予伊會當照顧阿爸一下。伊就是阮佇病院裡後來看著ê彼个看護。阿母講著這个代誌ê時陣，口氣真平靜、面色嘛足自然，完全看袂出有一點仔各樣。感情這款代誌，有影，歹講。

刺字佮刀 khî

自細漢我捌代誌開始，阮老爸身軀頂有二項物件，一直予我感覺足困擾 ê。一个是伊正手骨倚肩胛頭頂面彼隻刺字；另外一个是伊倒手䩗對尻脊骿到腹肚邊彼條長長 ê 刀 khî。

有幾仔擺，我無論去厝邊隔壁揣囡仔伴迌迌，抑是去親情朋友個兜行踏，攏有聽過別的人人佇咧曾：有的講阮老爸往過做過竹雞仔，嘛有人講伊早前是大鱸鰻。

伊彼隻刺字誠奇怪。

咱一般佇戲裡看著，個迌迌人 ê 身軀頂，若毋是刺龍刺鳳、抑是虎豹獅象，彼種生做較大隻、較威風 ê 野獸；無嘛像青面獠牙、抑是生毛帶角，彼款看起來較恐怖、較驚人 ê 妖魔鬼怪才著。毋過，伊是一隻生做細隻細隻、瘠抽瘠抽，四跤伸直直咧走 ê 馬仔。

彼 ê 刀疤有夠歹看。

我捌趁伊咧睏晝 ê 時陣，偷偷仔用鉛筆共量過，應該十五公分較加，毋但是誠長，應該嘛真深，毋知是去予啥款刀仔刣著矣？彼个時陣，毋知是外科手術 ê 技術無通好，抑是去遇著佗一个兩光 ê 赤跤先仔，共綻 kah 按呢歪膏揤斜，那親像一隻大尾 ê 蜈蚣咧，看

起來,顛倒比彼隻馬仔加誠鑿目。

　　寒人猶無打緊,熱天時仔,伊若毋是穿一領吊裇仔無就是裼腹裼,毋但彼隻馬仔看現現,有時陣,含彼尾蜈蚣都走出來看人。

　　阿爸ê人,生做誠威嚴又閣歹性地,我當然毋敢問伊這項代誌,毋過,我有偷偷仔問過阮阿母。

　　「你敢知影,聽講阿爸少年ê時陣,捌做過鱸鰻抑是竹雞仔?」

　　「我是有聽講伊往過佇公學校ê時陣誠勢讀冊,畢業了後,本底想欲繼續讀中學。毋過,恁阿公厝裡散kah強欲予鬼拖去,三頓都食袂飽飯矣,那有彼款閒錢通予伊閣去讀冊?落尾,佮伊ê叔伯大兄去工場共人做師仔、學功夫。出師了後,就四界去做工趁錢矣!」

　　「後來,有一擺毋知是因為啥物代誌,個二个爸仔囝起冤家,恁老爸煞來離家出走,差不多二、三冬,攏無轉來,嘛無消無息,毋知走去佗佮人咧浪蕩?毋過,伊逐月日攏有照起工寄錢轉來,一直到欲做兵進前,才閣看著伊ê人影。」

　　「是講,伊做兵轉來無偌久就炁某生囝矣。頂頭著飼伊二个老爸老母、下腳閣愛晟恁四个兄弟姊妹,逐日無閒去工地做工,閬縫ê時,閣愛去園裡佮我鬥做穡,歇喘都嫌袂赴矣,那有彼款時間通去咧迌迌?自我嫁來到今,有時陣一寡親情、朋友會來相揣、開講;極加是久久仔佮幾个做工仔伴抑是厝邊頭尾,去食幾支仔薰、啉淡薄燒酒爾。在來都毋捌講有佇外口過暝無轉來,嘛無看過伊有佮啥

物王兄柳弟，絞群成黨做伙去樂陶，若歹命應該是有，講歹囝我看是無啦。」

「啊⋯⋯你敢有問過伊手骨頂面彼隻馬仔是按怎來 ê？」

「問是有問過啦，毋過伊嘛講 kah 混化混化、無清無楚。唉！恁老爸 ê 人彼款雷公性，你敢毋知影？伊無想欲加講，啥人敢共加問？」

「啊⋯⋯蜈蚣咧？腹肚邊仔彼尾蜈蚣？」

「蜈蚣？那有啥物蜈蚣？」

「毋是啦！我是講綻 kah 親像一尾蜈蚣 ê 彼个刀疕 khî 啦！」

「無啦！食飽傷閒，問 kah 一支炳欲食鹽？你是管區 ê 來咧查戶口呢？遐好玄，欲知袂家己去問伊。」本底足有耐心 ê 阿母，毋知是按怎，予我問 kah 小可起性地。

按照阿母 ê 講法，阿爸少年 ê 時代，應該是有一段時間佇外口佮人四界迌迌、放蕩過。毋過做兵轉來、烌某生囝了後，伊就收跤洗手、改頭換面矣。刺字佮刀 khî，應該攏是佇彼个時陣留落來 ê 無毋著。是講，詳細 ê 原因，除了伊本人，咱嘛毋知影。

應該是佇我讀國小三年 ê 彼个時陣。

會記咧五日節才過去無幾工，我放學轉來到厝裡。普通時仔，攏天暗才有看著人 ê 阿爸，竟然已經佇厝內底矣。伊佮一个生份 ê 查甫人坐佇客廳，阿爸咧食薰，生份人食肉粽，二个人一面食物件，

一面咧講話。

　　阿爸ê身懸普通、身材中範，體格算講袂穤矣；生份人生做高長大漢、粗勇硬角，佮阿爸比起來，漢草加誠好。

　　行到門跤口，阿爸看著我，幹頭叫一聲，本底佇灶跤咧無閒ê阿母即時偤出來，共我忝入去房間內，閣吩咐我毋通出來。過一睏仔久，阿母才閣入來叫我去食暗頓。我出來ê時，阿爸佮彼个生份人已經攏無看著矣。

　　暗頓食飽，阿母叫我去洗身軀、寫功課，毋通烏白走。伊家己一个人規暝攏佇舊厝裡無閒咧拚掃。

　　舊厝是阿公早前起ê土墼厝，幾仔十冬矣，毋但舊又閣隘。阿爸娶某生囝了後，家己閣佇西爿面仔起一間紅磚仔鞏紅毛土ê新厝。本底ê土墼厝無拆起來，留咧做閒間仔，囥一寡肥料、飼料、農具佮阿爸做工ê家私頭仔……，物件囥kah規厝間。舊厝ê東爿面仔是豬稠佮糞堆，伊拄好挾佇中央，無啥有人會去注意著，平常時仔我嘛真罕得入去。

　　「彼間舊厝，這站仔恁阿爸有朋友暫時會來蹛，這項代誌你千萬毋通去講予別人聽，嘛袂使家己入去彼个所在，敢有聽著？」隔工透早，欲去學校進前，阿母專工共我吩咐。這時我才知影，原來阿母無閒規暝，就是咧整理舊厝ê閒間仔。聽著阿母遐爾仔斟酌咧交代，閣想起昨昏阿爸彼款緊張ê扮勢，我臆，這个生份人定著毋

是一般 ê 人客。

　　我逐工早起就去學校讀冊，下晡才閣轉來厝裡。歇睏時仔，毋是四界拋拋走，就是關佇厝內底。彼个生份人大部分的時間攏覕佇房間內，到底咧創啥，咱嘛毋知影。有時陣，伊若出門，攏是日頭落山才出去，天猶未光就轉來。所以自彼工看過伊一擺，後來就無閣佮伊相搪頭矣。

　　有一工，拄好是拜六 ê 下晡時仔，毋知是按怎，阿爸過晝就對工地轉來矣。睏晝了後，伊先去舊厝佮彼个人開講，紲落，叫我去捾二罐幌頭仔，閣買一包土豆佮一罐三文魚罐頭。

「新味 ê 巴拉那那　送來 ê 時
可愛 ê 戰友啊　歡喜跳出來
訓練後休息時　我也真正希望
點一支新樂園　大氣霧出來……」

　　我去阿全仔 ê 欉仔店買物件倒轉來。彼工，天氣真正有夠熱，行到門跤口，就先聽著一陣狗聲乞食喉 ê 歌聲。這條歌，我往過有聽過幾仔擺，全款攏是阿爸啉燒酒 ê 時陣，一定會唱 ê 名曲之一。是講，早前攏是伊一人家己咧哀爾爾，這遍閣有別人佮伊做伙唱。

　　行入去厝裡，內底薰蓬蓬，臭 mo-mo，阿爸撐佇眠床頭，生份人坐佇椅條頂，二个人攏褪腹裼，做伙佇咧唱歌。

阿爸就免講矣,生份人予我驚一趒。伊胸坎頭前,刺一隻青面獠牙、生毛帶角ê毋知啥物瘸鬼仔殼,尻脊後壁刺一个無穿衫褲、二粒奶仔看現現的查某囡仔,二爿肩胛到手曲,嘛刺甲按呢花花貓貓,無斟酌看,袂輸那穿一領短袖仔ê青花仔衫仝款。彼款氣勢,佮阮老爸彼隻馬仔比起來,真正是天差到地。是講,我干焦偷偷仔共睨一下爾,毋敢正面共看傷過久,到底伊ê身軀頂抑是跤手仔有刀khî無?我就無確定矣。

　　「這个就是Masao?」生份人擘開伊大蕊大蕊ê目睭共看我。

　　「是啊!Masa,叫阿伯!」阿爸對眠床頭坐起來,叫我共人相借問。

　　「……」毋是我家教無好、毋知禮貌,本底自細漢我就驚生份、畏小人,有時陣,阮兜有一寡較無熟似ê親情、朋友來相揣,我嘛定定覕佇房內無欲出來見人,何況是這箍毋知對佗位來、生做青面獠牙ê生份人?我無應話,物件园咧就緊旋出去矣。

「月光暝踮在營內　站崗ê時
　遙遠ê故鄉啊　予阮來想起
　小弟弟小妹妹　親愛我ê阿母
　恁這陣怎樣啦　快樂過日子……」

　　我趕緊走離開,尻川後,閣聽會著個二个人一爿咧笑,一爿咧

唱歌的聲音!

　　我想,阿爸的刺字佮刀疤佮彼个生份人絕對有關係,個定著是以前做伙迫迌的兄弟。按呢講來,阿爸確實捌做過鱸鰻、行過江湖無毋著!

　　歇熱到矣,毋免去學校雖然是真歡喜,毋過規工守佇厝裡嘛誠無聊。若無出門,想著彼箍人蹛隔壁邊,就感覺礙虐、礙虐;去揣朋友,閣驚一下無細膩,若共這個秘密講出去,按呢就食力矣。

　　當咧躊躇的時陣,彼工欲暗仔,好朋友文松仔來揣我,招我隔轉工佮伊做伙去德元埤釣魚仔。釣魚是我上興ê代誌,這時陣德元埤的南洋鯽仔當著時,毋但肥閣大隻,又閣極愛食餌,我決定明仔載就來去大開殺戒。

　　「阿母,敢有看著我ê釣竿仔?」我ê釣竿仔明明就藏佇眠床跤,那會揣攏無?我趕緊去問阿母。

　　「那有人共彼魚竿仔藏咧眠床跤ê?無細膩若去予勾著欲按怎?我頂站共收去囥佇舊厝ê閒間仔矣。」

　　「舊厝?今害矣!」我聽著舊厝,規个人強欲昏昏去

　　我彼支釣竿仔,是我頭一擺考第一名,阿舅專工對台北買轉來送我ê,伊是二節竿仔相接做伙,無欲用ê時陣,會當捘落來收做變一節,加誠利便。我惜命命,除了我家己,毋甘借人用。平常時仔,攏用舊ê肥料袋仔包予四適,藏佇眠床跤好勢好勢,那知阿母

無代無誌、雞婆假勢，共伊提去舊厝囥！

彼暗，我一爿想一爿看，舊厝！燈仔火一直攏無熁，我確定生份人早就出去矣，照伊ê習慣，天光進前才會轉來。

我心肝掠坦橫，決定偷偷仔趒入去舊厝裡。這是我這站仔第二遍入來遮，毋過，頭一擺除了彼个人規身軀ê刺青，啥物攏無去注意著。本底，我是欲提著釣竿仔就緊離開矣，毋過，猶是袂堪著好玄。

厝內倚南爿面仔ê房間拚掃 kah 誠清氣，內底囥一張 bedo 佮一塊 tatami；邊仔一塊桌仔佮二條椅頭仔；眠床尾仔一个面盆仔佮一跤行李袋仔，差不多是按呢爾。

壁角土跤一个肥料袋仔貯ê物件，我一看就知影彼是我ê釣竿仔，趕緊行入去提起來，無疑誤，下底面閣蓄一個布包仔。布包仔看來長長、提著重重，內底毋知包啥物貨？我擋袂牢，共敨開來看，阿娘喂！竟然是一支烏材仔柄、白鐵仔身，光熾熾ê刀肉、利劍劍ê刀鋩……

武士刀！無毋著，佮我佇電視頂、舞台劇看著ê武士刀全款。不而過，這毋是道具，是真真正正ê武士刀！斟酌閣共看，有影驚死人，刀柄佮刀身相接ê所在，猶閣有一屑仔拭無清氣，小可仔堅疕烏黕ê血跡！

「你咧創啥？」hiông-hiông，尻川後出一聲，我斡頭共看，一

身人影毋知當時徛佇門跤口，我驚一大越，腳酸手軟，刀煞跋落去。

「後擺若閣來，我共你彼雙手剁起來！敢知影？」生份人行過來共武士刀閣再包予好勢了後，坐落眠床頭，用伊 ê 大蕊目睭惡夯夯、歹沖沖，掠我金金看，袂輸欲共我拆食落腹全款。

「救命喔！」我喙仔開開，毋過，驚 kah 喝袂出聲、走袂開跤，明明阿爸佮阿母這時就佇隔壁爾。

「這予你，今仔日 ê 代誌，袂使講出去喔！」紲落來，伊竟然對褲袋仔搝一扎有青-ê、有紅 ê 銀票出來，提一張紅絳絳、新點點，十箍銀 ê 錢予我。

袂記咧我後來是按怎離開舊厝 ê，干焦會記得我落尾覕佇房間內蓋佇棉被裡，一隻手捉絚絚；規身軀似似掣，一方面是著驚，一方面是歡喜。

著驚 ê 是，我想講這聲穩死無生 ê，伊應該會共我「殺人滅口」才對；歡喜 ê 是，我毋但無代無誌，閣趁著十箍銀。彼个時陣，除了二九暝分予你，初五隔開就閣予阿母收轉去 ê 彼包無緣 ê 紅包以外，這是我提著上介濟，完全屬於我 ê 錢。有影是「跋一倒，抾著一隻金雞母。」

這件代誌我後來到今，攏毋捌共任何人提起。彼幾工，我本來

一直煩惱阿爸會揣我算帳,毋過看阿爸攏無講按怎,我想伊應該嘛無共阿爸投才著。

是講,後來我就無閣再看過彼个人矣。

會記得是中秋節前幾工,我佮以前仝款放學轉來,看著阿母人又閣佇舊厝咧拚掃,我頓蹬一下仔,才行入去看。

生份人!房間,眠床、桌椅猶佇咧,伊个人!物件攏無看矣。我特別行倚去壁角,斟酌共巡看覓,其實毋免想嘛知影,彼个布包仔已經無佇遐矣。

「你咧揣啥?」阿母看我佇遐趖來趖去,停落來共我問。

「無啦!以早园佇這ê所在ê一个物件。」我當然無可能共講,我以前佇遮揣著一支武士刀。

經過一段時間,有一擺風颱天,阿爸佮阿母攏無出門,二个人捾一罐米酒頭仔,配一盤仔土豆佮一碗公 *biso* 湯,做伙咧開講,無張持去講著這件代誌,我才略仔知影一寡因端:

原來彼个生份人本名號做 *Yamata*,新營太子宮人,伊自細漢就無爸無母矣,干焦伊佮小妹,予阿嬤飼大漢。少年時陣,是新營菜市仔角頭老大身軀邊ê虎仔,因為早前有犯著案去予人關過,年歲加阿爸四、五歲。

做兵的時陣,伊佮阿爸佇官田新兵訓練中心,分佇仝一个連隊;抽鬮仔落部隊,二个衰尾道人,毋但同齊提著金馬獎,去到金門,

又閣派去仝一個單位，真正是誠有緣。

「彼掇 Yamata，你勿看伊生做高長大漢，袂輸虎龍豹彪咧，見若上船，就親像貓仔囝仝款。逐擺都眩 kah 毋知影人、吐 kah 欲死盪幌。彼當時落部隊，對高雄去到金門 ê 船頂，伊規路吐 kah 含腸仔涎都走出來，攏是我咧共照顧，落船嘛是我鬥共扶咧行；想袂到一冬半後，退伍唯金門轉來高雄，仝款是彼落死人物，行李嘛是我共鬥揹落來！」阿爸平常時仔話誠少，這擺講 kah 一大堆。

俗語講：「人未到，聲先到。」Yamata 人猶未到部隊落，長官就先知影伊 ê 大名矣。

報到彼暝，連輔導長就揣伊開講，直接共話拆予明白，希望伊這段時間伊好好仔表現，勿惹問題，按呢，輔 ê 嘛保證袂揣伊 ê 麻煩。

Yamata 巧巧人，本身閣是大尾跤數，見過世面，輔導長 ê 話，伊當然聽有。這段時間，一來，伊人生做高長大欉、粗勇獰角；二來，伊體能運動、打靶戰技逐項攏是一流 ê。閣再加上伊個性外向、做人慷慨，毋但佮仝班 ê 兵仔感情誠好，含單位 ê 長官關係嘛攏袂䆀。

阿爸個性雖然較條直、硬氣、歹性地，毋過伊做代誌認真、負責、閣拍拚，嘛袂佮人歹鬥陣、對人亂使來，閣有這個好朋友予伊做靠山，勿講一般 ê 老鳥毋敢欺負伊，單位 ê 頂司嘛袂共揣麻煩。雖然講彼個時陣，人佇金門做兵，毋過砲戰猶未發生，一冬外

ê時間算做猶袂歹過,顛倒是到欲退伍ê時陣,差一點仔就出大代誌……

「講到遮,我想著腳手仔猶會掣,彼陣,差一點仔就予彼箍『憨田仔』害一个『會做兵、袂退伍!』」阿爸講著遮,親像愈講愈心適。

「進前猶吐 kah 欲死盪幌 ê Yamata,一落船,規个元神就攏回魂轉來矣。阮二人坐火車一路對高雄轉來到新營。伊 hiông-hiông 共我 ê 行李袋仔提去,對內底提一个用報紙包咧ê物件出來。」

「啊!彼是啥貨?那會佇我ê袋仔裡」阿爸ê印象內底,伊應該是無這項物件。

「我偷藏ê啦,你免講嘛毋知。」Yamata 欲笑仔毋笑咧,看起來誠神秘ê款?

「啊!彼到底是啥貨啦?」Yamata 按呢講,阿爸愈感覺奇怪。

「幹恁娘,緊收起來啦!」Yamata 四箍輾轉看看咧無別人,真正共報紙搝--開,阿娘喂!竟然是一支軍用ê刺刀……

阿爸看一个驚一大趒,規身軀齊拚清汗,大力喝一聲,換 Yamata 顛倒去予驚一下,趕緊共刀收起來。

「幹!我會予你害死。」阿爸想袂到這箍「憨田仔」遐好大膽竟然連部隊ê刺刀都敢偷提轉來,閣刁工藏佇伊ê揹袋仔內底,無予知影。

「哭枵!我若先共你講,你敢欲予我囥?」Yamata 喙仔嘻嘻,

看起來無要無緊,閣提一支薰予阿爸。

「幹!萬不一去予人抄著欲按怎?會掠去關呢!」阿爸想著個彼梯 ê 退伍兵仔佇碼頭等欲上船進前,班長臨時臨要,共其中幾个人 ê 行李,包括 Yamata 在內,閣做一擺安全檢查,好佳哉!阿爸無去予班長點著。若是出代誌,厝裡 ê 老爸、老母欲寄啥人飼?

「安啦!我早就算準準矣,個若欲抄,極加會抄像我這款歹底蒂 ê,袂去揣你這款古意人啦!」Yamata 先唺一大喙薰落去,紲落,噴一个薰箍仔出來。

「啊,你這是對佗位提來 ê?」阿爸想無伊是按怎會有彼支刺刀。

「這是有一擺出操 ê 時陣佇靶場邊仔 ê 墓仔埔抾著 ê,毋是佇咱單位偷提 ê,根本無人知影,袂專工去揣啦!我看這應該是以前 ê 老兵留落來 ê,有食過血,毋但特別有殺氣,聽講閣會當護身喔!」Yamata 感覺誠得意。

「幹!三八兄弟,放心啦,著猴毋才按呢!就算講彼時真正遐裒瘖去予捎著,找嘛會出來擔,袂去連累你啦!」Yamata 伸手共阿爸 ê 肩胛頭拍一下。

自彼擺分開了後,個二人十外冬來就毋捌閣再相揣矣。過無偌久,阿爸就娶某生囝,逐工無閒咧趁錢;Yamata 聽講閣轉去早前伊迌迌 ê 所在,揣伊 ê 老兄弟,後來成做個彼角頭 ê 老大。

一直到頂站仔因為角頭互相車拚,伊共人刣重傷,毋但對方一

直咧揣伊,警察嘛四界欲掠伊,伊才閣來揣阿爸。

想起來,這箍 Yamata 確實有頭腦,對手佮警方應該嘛想袂到,伊會走來覕佇這款庄跤所在,就親像早前偷藏刺刀仝款?

好佳哉,Yamata 佇中秋節進前就先離開,因為隔轉工,阮遮就出代誌矣,含彼箍平常時仔都罕得看著本尊 ê 警察大人嘛來到位。是講,伊毋是來阮兜,是來阮兜 ê 隔壁――烏魚伯仔個厝。

講著烏魚伯仔個彼口灶,會使算是阮庄內 ê「名戶」之一:

烏魚伯仔佮咱一般種田人仝款,骨力勤儉、認真拍拚。伊自少年拚到老,無靠祖公仔屎,毋但家己蓄二甲外地 ê 田園,猶飼一隻牛、買一台牛車。除了做家己 ê 穡頭,有閒 ê 時陣閣共人鬥犁田、載貨,有影是日也操、眠也拚,生活嘛算袂歹過。

烏魚伯仔 ê 某早就無佇咧矣,留一對姊弟仔阿滿佮坤龍仔,無偌久,才閣娶後來 ê 烏魚姆仔。烏魚姆仔個翁仝款嘛早死,無法度,牽二个兄妹仔朝明仔佮阿秀,來嫁予烏魚伯仔;個二人後來閣生一个後生坤虎仔。

烏魚伯仔做穡雖罔骨力勤儉,毋過做人有較凍酸甕肚。一來,伊恐驚財產去予外人分去,二來,伊煩惱坤龍仔個姊弟仔去予後母苦毒,一直對烏魚姆仔個母仔囝袂放心;烏魚姆仔仝款無好扭搦,伊穹分烏魚伯仔大細心,對朝明仔佮阿秀嘛無通好,擔心家己的囝會予人欺負。總講一句:「二个翁仔某,仝床無仝心……」

就按呢,三不五時,一方面你會聽著烏魚伯仔個翁仔某不時咧冤家娘債;一方面會看著坤龍仔佮朝明仔個兄弟姊妹不時咧相罵相拍ê代誌。一起頭,當然是烏魚仔個這爿較贏面,後來,等到坤虎仔較大漢,輸贏就無一定矣。

坤虎仔佮老母感情較親近,佮老爸關係較生疏;對朝明仔來講,個是仝母無仝爸的「仝腹」兄弟;佮坤龍仔之間,伊是仝爸無仝母的「隔腹」兄弟。所以,看母無看爸,伊真自然就倚過去烏魚姆仔這爿ê陣營。有坤虎仔相挺,局勢才小可改變過來,成做五分五分ê場面。

後尾手,坤龍仔離家出外,幾冬後變歹囝倒轉來,為著分財產ê代誌佮烏魚伯仔拆破面,本底不時扮演楚漢相爭ê故事,後來煞變做三國演義ê戲齣。

坤龍仔自細漢,個性就較孤僻,佇厝裡無溫暖,佇外口無人緣,唯一ê朋友就是蹛佇伊厝邊ê東南仔,也就是阮老爸啦。

實際上,論輩份阮阿爸是大伊一輩,毋過,論年歲才加伊二个外月爾,所以,伊一直攏共阮阿爸當做伊ê老大ê。阿爸無兄無弟,干焦有六个阿姊爾,伊嘛共坤龍仔當做家己ê小弟仔仝款。

個二人做伙去讀冊,做伙咧迌迌。後來畢業,阿爸冊會讀、厝無錢,只好去學師仔;厝有錢、冊毋讀ê坤龍仔,本底嘛欲綴阮阿

爸去做工,毋過,伊 ê 老爸無允准,希望伊留踮厝裡鬥做穡,坤龍仔袂勾癮、毋甘願,就揣機會來離家出走矣。聽講去台北做烏手 ê,落尾,毋知是按怎,煞變做烏道 ê。

我敢保證,坤龍仔就算是烏道 ê 兄弟,絕對毋是啥物大尾 ê 人物。

第一,伊生做猴頭鳥鼠面,目睭挩窗、身軀蘇腰,就算伊逐擺攏是一粒頭剃 kah 鵻吱吱、抹 kah 油漉漉;一領花仔衫熨 kah 鋩角角、一條喇叭褲穿 kah 絚當當;胸崁頂頭嘛佮人流行,刺一隻毋知是啥物死人骨頭 ê 怪物。伊 ê 扮頭,毋管你按怎看,都無成彼款佮人不時咧拚地盤 ê 角頭老大、抑是暝日佮人咧賭性命 ê 烏道兄弟。顛倒是較親像佇查某間咧載小姐的牽猴仔、抑是佇巷仔內咧揤人客的三七仔;第二,伊差不多一年冬倒轉來四、五擺,大部分攏是佇年節仔進前,袂輸固定來咧收會仔錢抑是保護費全款。一起頭,若毋是先共伊老爸伸長手、討所費,無就是吵欲賣田園、分傢伙。錢若有提過手,一下仔就無看人;錢若討袂著,伊就開始摔椅摔桌、撞牆撞壁;紲落閣啐幹搟譙、罵爸 suān 母;落尾就起跤動手、舂兄拍弟矣⋯⋯

勿講是大尾鱸鰻啦,我看,伊連彼細隻竹雞仔都排袂著生肖,極加是屁踢囡仔抑是了尾仔囝彼款 ê 級數爾。

「我咧駛恁祖媽、膨肚短命、死無人哭、放予狗拖、死路旁、

路旁屍 ê 畜牲！」彼工七早八早，天猶未齊光咧，隔壁又閣傳來烏魚伯仔 個兜，唪幹捛譙、摔碗摔箸，早就足熟似 ê 聲音。

「啊嗚……啊嗚……」紲落來，竟然是烏魚伯仔袂輸咧哀爸叫母，有夠悽慘 ê 哭聲。這個情形，無啥對同，恰以前無仝款！

阿爸褲揔仔緊籠咧、淺拖仔袂赴穿，趕緊綴過去。

原來是烏魚伯仔透早起來欲飼牛，發覺伊彼隻牛牯，那會無佇牛稠內？看彼款扮勢，應該是去予人偷牽去矣！

這隻牛是烏魚伯仔進前飼 ê 彼隻牛母生 ê。當初，牛母欲生 ê 時，伊規暝守佇牛稠內，親手共接生落來，就親像伊 ê 囝仝款。現此時才七、八歲爾，當少年、正粗勇，這幾冬來替伊做誠濟穡、趁袂少錢。

存良心講，烏魚伯仔酷剛酷，對這隻牛嘛足有情有義，逐工透早，準時起來共款飼料、放草水，看牛早頓食飽，伊才有去食飯；做穡轉來，固定先捾冷水共沖身軀、閣點稻草共薰蠓蟲，仝款等伊暗頓食了，伊才有去洗頭面，真正有影，比對伊家己 ê 某囝閣較好。

中秋進前，坤龍仔佮往過仝款，又閣趖轉來厝裡欲共伊 ê 老爸伸長手。烏魚伯仔看伊年歲愈來愈濟，猶是按呢毋成人、毋成樣，當然是無愛閣共血汗錢予伊去浮浪摃。二個爸仔囝冤家相罵了後，坤龍仔共烏魚伯仔放刁，這擺若閣提無錢，伊是無可能按呢就準拄好去！烏魚伯仔想袂到，這箍夭壽死囡仔，竟然遐大膽，含牛都敢偷牽去！

佇咱這種草地所在，彼款殺人放火ê代誌，是真罕得聽過；若是偷掠雞鴨、偷挽果子ê情形，加減是有較平常。一般若遇著，差不多是罵罵咧就準拄好去，極加是去共村長投投咧就煞煞去矣！毋過，親像偷牽牛抑是偷割粟仔這款ê夭壽代，會使講是天大地大ê事件，一下仔就轟動規庄頭矣！

阿爸聽著烏魚伯仔ê遭遇，伊跤頭趺想嘛知影，這定著是坤龍仔彼箍毋成囝才做會出來ê代誌。趕緊腳踏車騎咧，去派出所報案。

講著咱這箍警察大人，平常時仔散形散形、荏爛荏爛，搪著這款情形，伊嘛知影這毋是小可代誌，即時嘛腳踏車踏咧，佮阿爸做伙趕來到現場。

「這應該是昨暗半暝仔來偷牽去ê！」警察大人先聽烏魚伯仔共情形講過一遍，閣佇牛稠ê四箍圍仔巡巡、看看咧，看起來親像真正內行，誠有自信按呢講。

「偷牽牛無可能掠去刣，當然是欲去賣來轉現金。離咱庄裡上近ê牛墟有二位，一位是鹽水、一位佇善化。鹽水離遮十出頭公里、善化有二十外公里；鹽水逐月日尾數一、四、七開市、善化是二、五、八，今仔日拄好十四，照這个路程佮時間來看，伊百面是用步輦ê牽對鹽水去！我看這个時陣嘛差不多到位矣！」警察大人先向頕頭看伊ê手錶仔，閣攑頭看對東爿面去。

警察大人趕緊共鹽水派出所通報，真正無毋著，鹽水派出所派人去現場當等，拄好看著坤龍仔牽彼隻牛，慢慢仔行對牛墟趕過

來，親像蜈蚣趒入去狗蟻岫咧。

「幹！有影烏矸仔貯豆油呢，咱這箍大人平常時仔看伊生做彼款猴猴仔、荏荏仔，做代誌又閣按呢無要無緊、無攬無拈。透世人毋捌看過伊掠過一个賊，聽過伊破過一个案。想袂到，這方面伊遐爾內行，閣真正有二步七仔呢！」代誌過後，一寡庄仔內 ê 鄉親序大，尤其是彼工有佇現場 ê 人，講著當時 ê 情形，逐家攏呵咾 kah 會觸舌。

「阿南仔！阿南仔！」透中晝，阿爸挃好才食飯飽咧歇睏，聽著有人大細聲咧捶門。

阮厝裡大大細細逐家攏知影，阮老爸咧睏晝是比皇帝閣較大，無人敢食好膽藥仔去共吵，這个人青青狂狂、毋知死活。阿母趕緊開門共看覓，原來是烏魚伯仔。

「阿南仔，你好心好行予我拜託咧……你共彼箍……」烏魚伯仔話猶未講煞，目屎先唅唅滴，規个人強欲跪--落-去！

「烏魚兄，啊是按怎？毋通按呢啦！來，先坐咧！坐咧！有話款款仔講！款款仔講！」阿爸先牽烏魚伯仔去坐佇椅仔頂，閣提一支薰共點予燃。

「煞毋知阮坤龍仔彼箍畜牲，頂日仔放出來矣！伊講攏是我害伊去予人關 ê，放刀這幾工伊欲來揣我算數，欲予……予我好看……」烏魚伯仔講 kah 心頭酸、嚨喉滇。

「你敢有去派出所報案？」

「有啊！那會無？是講你嘛知影咱彼箍警察大人，生做一隻黃酸黃酸、瘔猴瘔猴，袂輸囡仔豚咧，阮彼箍畜牲那會共信斗？伊無天無地、無臭無潲，啥物人嘛毋驚！阿南仔，伊自細漢到今，干焦聽你一个人爾，你予我拜託咧，出面共講一下，敢好？」烏魚伯仔先唌一喙薰，才閣吐一个大氣。

彼工開始，阿爸暗頓食了後，就搬一條撐椅，囥佇我兜佮烏魚伯仔個厝中央 ê 巷路仔口。伊褪腹裼，半撐佇椅仔裡，倒手丬邊仔囥一壺茶佮一包薰，正手丬椅桿倚一支鋤頭柄。我有覕佇窗仔口共偷看，伊恬恬咧食薰，毋知咧想啥。月光照佇伊 ê 身軀頂頭，彼尾蜈蚣 ê 刀 khî 遮咧無看著，彼隻馬仔 ê 刺青拄好看現現，細隻罔細隻，毋過予人感覺真正威風，誠有殺氣。

伊規暝攏顧佇遐無轉來睏，隔轉工透早，早頓食了，人就出門矣。按呢，相連紲幾仔暝日，看攏無啥代誌才收煞。

半冬後，又閣聽著烏魚伯仔個兜咧鬧熱滾滾矣，免想就知影，坤龍仔倒轉來矣！

坤龍仔全款照步來，先揣伊老爸相罵相嚷、對後母啐幹撋譙、佮小弟起妗動手了後，就幹去阿全仔 ê 篏仔店捾一罐紹興 ê 佮一包炒土豆，才閣趖對阮兜來。

「大 ê，其實彼暝我有來過，你敢知影？看你一箍人佇撐椅咧

食薰,我想講予你一下面子,無愛佮你歹面相看,我才倒轉去。」坤龍仔先提一支薰予阿爸。

「彼擺咱若真正相搪頭,你敢會佮我動手?」紲落閣斟一杯燒酒。

「講正經 ê,咱若面對面、一對一,我可能毋是你 ê 對手,毋過我若欲偷來暗去,絕對是神不知鬼不覺,來無影去無蹤,你嘛是無我 ê 啥 ta-uâ!」坤龍仔共阿爸敬一杯酒。

「恁爸仔人老矣,你歲頭仔嘛袂少矣,自少年冤到今,按呢敢講猶無夠氣,是欲閣鬧偌久,你才會過癮?」阿爸一喙共酒啉予焦。

「無你是聽阮彼箍老 ê,投我啥物歹聽話?」坤龍仔聽了,酒杯仔园落,有小可無歡喜。

「敢著投?幾十冬來,不時聽恁咧敲鑼摃鼓、看恁咧冤家相拍,勿講厝邊隔壁,咱規个庄頭、佗一口灶,毋知恁兜 ê 代誌?逐家攏大人大種矣,敢有需要閣按呢?敢袂笑破人 ê 喙?」阿爸 ê 口氣全款平靜,毋過。聽起來有淡薄仔威嚴。

「大 ë,咱家己人,我坦白共你講。細漢 ê 時陣,阮老 ê 有提我 ê 八字去予廟邊 ê 天福師算過,伊講我:『命帶雙刀,煞爸剋母』。我佮伊頂世人冤仇帶足重,這世我是專工欲來討債 ê,數都猶袂算清楚咧,怨那有可能就化解?哼……哼……」坤龍仔冷冷仔咧笑,彼款笑聲,聽著你會起雞母皮,毋知是對伊鼻空,抑是胸坎彼隻妖怪 ê 喙裡發出來的,有影神聽著心會驚,鬼看著膽會寒。

二冬後，烏魚伯仔 hiông-hiông 中風，無偌久就過身去矣。棺材猶未上山頭咧，坤龍仔個兄弟仔就佇門口埕大車拚矣。警察大人佮村長代表攏來嘛擋袂牢，落尾，猶是阿爸佮幾个厝邊硬共個拖開。

　　坤龍仔分著 ê 現金、厝地、田園，彼工才到手，聽講彼暗就去佮進財仔釘孤支、摃墨賊仔，天猶未光，全部就輸 kah 褪褲矣，此去到今，毋捌閣看著伊 ê 人影。

　　彼冬寒--人，阿爸佮朋友去啉酒啉 kah 酒醉，半暝仔去便所，無細膩去予跋倒，搝著頷頸、傷著神經，送去成大手術、蹛院。我拄好學校歇寒，去就病院共照顧。

　　有一擺，我咧共伊洗面、揉身軀的時，閣看著伊彼个刺字佮刀 khî。

　　「阿爸，你手骨頂彼隻馬仔，是按怎來？」我擋袂牢，問伊這个秘密。

　　「你講彼个刺字喔？煞毋知去予彼箍『憨田仔』設計的！」

　　「我心肝頭 tshiak 一下，確實無毋著！」就算時間已經過去幾仔冬矣，無張持又閣聽著 Yamata 的名，我猶是驚一趒，真正是佮伊有關係！

　　「彼箍『憨田仔』除了家己規身軀刺字、刺墨以外，嘛誠愛共別人刺。伊鼓舞我幾仔擺，我攏毋嗒伊。做兵欲退伍進前，班長請

阮幾个仝梯 ê 食飯。我佮伊喝酒拳、拚輸贏，毋但啉 kah 醉茫茫，閣輸 kah 忝忝忝。伊堅持我喝輸就愛予伊刺字，毋才會⋯⋯」

「是按怎那會刺彼隻細隻馬仔？」我聽了略仔感覺意外。

「我毋愛像 Yumata 按呢刺龍刺鳳，嘛無想欲佮老芋仔班長個彼款 ê『殺朱拔毛』。一時毋知欲刺啥？hiông-hiông 想著恁阿嬤，伊 ê 生肖肖馬，我就教伊刺一隻馬，我驚傷過顯目，閣吩咐伊愛刺佇手骨頂，較細隻咧。後來，去予恁阿公發現，共我唸 kah 袂輸臭頭雞仔咧。」

「啊⋯⋯腹肚邊仔彼條蜈蚣是按怎來 ê？」答案雖然有小可意外，我想講有心問矣，規氣就一擺問予過癮。

「啥物蜈蚣？」阿爸聽無我 ê 話意。

「這條像蜈蚣 ê 刀 khî 啊！」我直接用手去指刀 kî ê 所在。

「這條喔？幹！攏嘛是彼箍坤龍仔害 ê。」阿爸聽著我 ê 話，大力啐一聲。這擺無毋著，絕對是佮坤龍仔彼箍毋成囝有關聯。

「阮細漢 ê 時陣，咱庄跤所在，家家户户普遍攏誠散赤。三頓都食袂飽飯矣，那有啥物果子通孝孤？有一工，坤龍仔來揣我，講個兜牛稠邊仔隔壁，老草伯仔 ê 果子宅仔內底彼欉龍眼生有夠濟，差不多攏會食得矣，招我佮伊做伙去偷挽。坤龍仔人生做較細隻、較輕，伊講伊欲去哩挽，我負責佇樹仔跤鬥接、順紲看頭。伊猴跤猴手，一下仔就去到樹尾頂。可能是樹枝傷脆 ê 款，坤龍仔無張持踏斷去，規个人煞跋落來，先摔落去牛稠 ê 茅仔草厝頂，才閣輾落

來土跤兜，共倚佇壁跤ê犁耙車倒，正正對我ê腹肚邊鑿--落。我看一條空喙長闊深、血水哖哖流，疼kah強欲死死昏昏去；彼箍坤龍仔嘛驚kah軟跤軟手、哀爸叫母，吼kah袂輸欲割斷喉咧……」阿爸講了家己嘛感覺誠心適。

「落尾，拄好對外口倒轉來ê老草伯仔，聽著後尾門外那有囡仔哀哀叫？出來看，才共我送去黃外科。好佳哉，醫生講彼位有髓仔骨擋咧，才無去傷著腹內，若無，彼陣當場就死翹翹矣！毋過，彼箍黃醫師，聽講是軍裡退落來ê，共恁爸一个空喙綻kah歪膏揤斜！」聽起來阿爸對彼當時ê代誌kah身軀頂ê空喙全款，猶閣記kah有夠清楚ê款。

「聽講彼冬，大道公祖ê爐主拄好輪著恁阿公。神明囥佇咱兜大廳咧奉祀，有鬥保庇。若無，彼擺我就好勢矣！唉！是講彼擺死無去，我看這擺閃袂離矣！」阿爸hiông-hiông嘆一口氣。到今，我嘛才知影彼隻蜈蚣ê來歷。

「毋是去佮人相刣留落來ê喔？」我猶是感覺有一寡仔意外，閣斟酌問一擺。

「相刣？欲去佮啥人相刣？你掠準我食飽傷閒，四界去佮人賴賴趖喔？」阿爸講了，人就睏去矣。

彼一工，我總算共長久以來ê疑問了解清楚，知影阿爸身軀頂刺字佮刀khî ê來歷，原來伊根本毋是啥物大尾鱸鰻，連彼款細隻

竹雞仔都無夠資格。

　　是講，毋知是按怎，代誌ê真相清楚了後，我心肝頭雖然想著有一點仔歡喜，毋過，那會嘛有感覺淡薄仔失望？

揣墓 ê 人

　　下晡二點，我按照進前約定 ê 時間提早十分鐘，閣來到火葬場。時間一到，工作人員共推車揀出來，停佇門口，眾人 ê 面頭前。

　　早起，上尾一擺看著倒佇棺材內底 ê 阿爸，這馬，偆一細堆仔白霧、白霧 ê 骨頭灰。工作人員教阮輪流用箸，共骨頭灰挾入去甕仔裡。輪到我 ê 時陣，我有淡薄仔緊張，我足紃膩 ê，恐驚傷輕手去予落落、傷出力去共挾破……

　　自大漢出外讀冊、到食頭路以來，逐冬 ê 清明進前，阿爸攏會提早吩咐大兄佮我，愛會記咧轉去培墓。

　　阮查畝營墓仔埔正式 ê 名稱號做「柳營第一公墓」，是全鄉裡，嘛是通庄內上大片、上古早 ê 墓仔埔，聽老歲人講，佇鄭成功彼个時代就有矣。

　　伊佇這馬 ê 台一線，也就是縱貫公路徛北 171K，欲入去庄裡西爿面仔 ê 所在，就親像顧佇庄裡大門口 ê 守衛仔，欲對遮入來 ê 人，先愛共這寡地頭 ê 前輩請一个安；欲唯遮出去 ê 人，嘛攏會向咱 ê 鄉親序大問一句好。

　　普通時仔，若無特別 ê 代誌，咱一般人是袂專工來到遮。也就

是講，這個所在，規年透冬，真罕得有人行跤到。隨在伊蟲豸鳥獸自由活動出入；雜樹野草自在伸枝生湠。大大細細、懸懸低低、相挨相契、重重疊疊，有ê向東、有ê看西、有ê對南、有ê朝北……

這個埔仔ê土地到底有偌闊？墓仔攏總有幾門？我當然是毋知影。有一擺，培墓了後，大兄臨時傷閒、好玄，講欲去踅一輾、算看覓。結果，去規晡久才倒轉來，問伊按怎，伊講踅無透嘛算袂清，應該行無到一半就放棄矣！

清明彼工，阿爸負責提鋤頭柴刀，阿母款牲禮香紙，大兄佮我提草 keh 仔。阿爸先共樹枝剉予斷、樹頭挖起來；阮兄弟仔才提草 keh 仔共規個墓仔ê草仔割予清氣；接紲落，閣共土補予四序，共墓紙硩予齊勻；上落尾，共牲禮排排予好勢，就開始點香、燒紙、拜拜。

「阿爸……阿母……」拜拜ê時陣，無論是阿公ê墓抑是阿嬤ê墓，阿爸攏會一爿手裡攑清香、一爿喙裡踅踅念，佮阿公阿嬤咧講話，共個報告一寡厝裡這冬來所發生ê代誌。我感覺這對伊來講，是一個真重要ê「儀式」，有一誠特別ê意義。

「咱人有三魂七魄，死去了後，七魄雖然消散，毋過三魂出竅，一魂轉去天頂，一魂留佇墓裡，一魂入到神主。」阿爸歇睏ê時，會解釋一寡阮毋知影ê代誌。

阿公ê墓，毋但細門又閣簡單，墓頭是碧紅磚仔ê，墓牌外表加糊一沿紅毛土，連字嘛是阿爸用竹爿仔家己寫ê，經過久年ê風

吹雨淋，頂頭 ê 字畫強欲看袂清楚矣。阿爸講，彼時除了有揣地理師來簡單看一下風水以外，偆 ê，師傅兼小工，全部 ê 工課，攏是伊家己一个人包辦 ê。

阿公破病幾仔冬才過身去。彼个時陣，厝裡 ê 經濟本底就無通好，彼段時間閣開袂少醫藥費。伊過身 ê 時，阿爸實在是無法度負擔一大堆有 ê、無 ê，辦喪事 ê 開銷。出山 ê 時，嘛是簡單倩一个司公，一个陣頭，按呢就送上山頭矣。

佮阿公比起來，阿嬤 ê 墓毋但加誠大門，墓頭、墓了攏足汎心仔 ê，墓牌閣是規塊 ê 大理石刻 ê，頂頭 ê 字，就算經過幾十冬，看起來猶是清清楚楚。

阿公過身 ê 時，我才五歲，對喪事 ê 過程，已經無啥物印象。阿嬤離開 ê 時，我已經十歲矣，逐項代誌到今猶記 kah 一清二楚。會記咧彼工拜五早起，伊毛我出門去學校讀冊，暗頭仔放學轉來，就聽阿母講阿嬤中風，送去入佇新營病院。二工了後，禮拜中晝前，伊就對病院送轉來。過晝無偌久，伊就過身去矣。

伊出山彼工，我猶會記得一大群人跪佇棺材 ê 邊仔，逐家哀 kah 大細聲，予人聽著心會疼。毋但有烏頭仔司公恿頭，一手提 giang 仔無停咧 giang-giang 叫，一手稍牛角有時陣歕幾聲；紲落，猶有幾仔个陣頭，沿路晃前見後、搖來搖去；落尾，閣有濟濟 ê 親情朋友綴佇後壁來相送，講鬧熱，嘛算是有夠鬧熱 ê。

毋過，出山進前，打桶 ê 彼段時間，司公不時咧唸經懺、吹法螺 ê 聲音，猶有靈堂內面、四箍輾轉掛 kah 濟濟十八地獄 ê 圖像，一直留佇我 ê 腦海內足久、足久 ê 一段時間攏猶會記得，彼是我對死亡、對喪事，一款悲哀 ê 印象佮恐怖 ê 感覺。

　　「死人好過日，一冬閣到矣！」逐冬清明若欲到，阿爸就會開始踅踅念。

　　「一冬才一擺爾，閣按怎講，嘛愛來共巡巡看看咧。」毋但按呢，阿爸逐擺攏會特別交代阮。

　　「這門上大門 ê 是劉仔舍 ê，彼門上氣派 ê 是楊仔頭 ê，恁看……」代誌若做煞，阿爸慣勢坐佇墓頭 ê 邊仔食薰，有時佮厝邊頭尾全款來培墓 ê 人開講，有時伊會徛起來沓沓仔看，匀匀仔指，一個墓頭、一個墓頭開始介紹。

　　「幹！透世人毋捌看過個翁仔某行跤到，袂輸無人 ê。佗一工，墓仔去 hông 掘掘去、骨頭去 hông 提提去，我看凡勢個嘛毋知！」講仔講，講到東爿面仔差不多十公尺遠，二門相連做伙，樹仔草仔發 kah 茂 sà-sà，大 kah 脹脹長 ê 墓時，伊就開始起幹譙矣。

　　話講煞，氣消了，伊就鋤頭提咧，叫阮兄弟仔佮伊做伙行過去。量其約仔，樹仔草仔 thuánn-thuánn 咧，墓頭墓牌小可整理一下，才叫阮做伙點香拜拜。原來，這是外公佮外嬤 ê 墓。

阿公佮阿嬤前前後後總共生六个查某囝,一直到第七个,才拚著阿爸這个唯一 ê 查甫囝。照理講,伊應該是會當真好命才著。毋過,阿公毋但厝裡散赤、年歲又閣老矣。落尾,伊交予阿爸 ê 是一間舊舊破破 ê 土墼厝、二个身體無通好 ê 老大人佮三分外地無啥路用 ê 坷仔地。外公外嬤嘛是連生五个查某囝,才生著阿舅這个屘仔囝。是講,一來外公外嬤較早過身,二來個 ê 經濟較好,後來,留予阿舅 ê 是一間正身帶護龍 ê 紅磚仔厝、二塊毋免予人照顧 ê 神主牌仔佮三甲外地上好 ê 水田。

「平平單身尾仔囝,那會大細漢差跡濟?敢講,這真正是運命生成?」阿爸見若講著遮,伊就晃頭吐大氣。

毋但按呢,後來阿舅娶某了後,就共彼三甲外地,攏賣了了。錢款咧、某牽咧,就按呢做伙去台北做生理矣!透世人真罕得看個倒轉來,連外公外嬤 ê 神主牌仔都無請過去,放佇祖厝 ê 紅架桌頂隨在伊咧生蜘蛛絲。有時陣,個做忌彼一工,蹛較近外頭厝 ê 阿母抑是大姨看袂過去,會款一寡牲禮轉去拜拜,逐擺若予阿爸見著,伊就閣開始咧踅踅念,甚至唪幹譙矣!

是講,念罔念、譙那譙,逐冬清明,伊照常先共阿公阿嬤 ê 墓培了後,就紲阮過去培外公外嬤 ê 墓。

彼冬,新科、少年 ê 鄉長就任無偌久,即時配合縣政府 ê 政策,宣布伊一个重大 ê 計畫:「公墓公園化」。也就是欲佇墓仔埔先揣

一个適當ê所在，起一間納骨塔；紲落，共埔仔內所有的ê頭攏總扶起來，分開裝甕、做伙囥佇塔裡奉祀；落尾，將本底ê埔仔整理予好勢、規劃予適序，成做一个現代化ê公園。以後，除非家己有法度揣著私人用地，公墓無欲閣接受土葬，干焦會當共骨頭甕仔提來塔裡囥。

這个政策宣佈了後，佇鄉裡，特別是墓仔埔所在主要ê六个庄頭，引起足大ê爭論。有一段時間，無論佇大廟埕、店仔口；抑是井仔跤、菜市仔，眾人話題、攏是這項代誌。

「這个鄉長有夠讚、氣魄好，莫怪我當初投伊一票！」

「墓仔埔看起來就加誠拉儳，起公園家較清幽，閣毋免逐冬清明愛來剉樹仔、剌草仔，時到干焦款一寡牲禮來就會使得矣、按呢加誠利便。」

「好啊！這馬人都市攏嘛流行按呢，社會咧進步，咱嘛愛綴會著時代ê跤步。」

「整理予好勢，看起來才袂，咱嘛加一个所在會當散步、運動。附近ê土地佮房產嘛會增加價值。」

一般講來，大多數ê少年輩，無論是佇公家單位抑是私人公司咧食頭路ê，攏較支持鄉長ê立場。

「墓仔攏挖挖起來矣，按呢另工欲去佗培墓？」

「以後若是輪到咱蹺去，棺材欲扛去佗位埋？」

「夭壽喔，祖公祖嬤埋咧好勢好勢，你去共個ê墓仔歹、骨頭

挖挖出來,毋驚個受氣?按呢會報應呢!」

「幹!幾仔百冬來、跡爾濟墓仔攏佇遐,逐家攏慣勢、慣勢矣,你這馬講欲挖墓趕人,吵著祖先、破壞風水,無是咧食飽傷閒 nih?」

「啥物碗糕公園?彼款所在,鬼才欲去,恁爸才袂勾癮!」

「我看是藉這个名義,欲官商勾結,通好炒地皮、趁大錢較有影啦。連死人上尾仔歇睏ê所在,都無欲放過,真正有夠惡質呢!」

「反對啦!咱做伙來公所頭前共抗議啦!鄉長是咱選ê,咱有權利共罷免啦!這箍黃酸仔囝,知影一箍碗糕?絕對愛予伊落台,看伊欲閣按怎變鬼變怪?」

比較起來,大部分年歲較濟ê、較無受過懸頂教育ê,毋管是做穡人抑是做工人,主要攏表示反對ê態度。包含,阮老爸在內。伊毋但反對,閣是上激烈ê彼群其中一个。

「先公告一冬,時間內若是主動倩工遷徙抑是委託公所發落ê人,除了會當得著補助抾骨ê費用,閣會當量早、免費,先選塔位搬入去囥。一冬了後,猶未遷徙抑是無人處理ê,政府毋但會強制執行,若欲囥入塔裡,愛閣家己出錢。」鄉公所這項規定,透過各村ê辦公室,通知單發到逐口灶攏有收著。

時間一工一工過去,佇縣政府、鄉公所、代表會、警察局各單位全力ê支持、配合之下,納骨塔ê磚仔頭愈疊愈懸,墓仔埔ê墓

仔愈來愈少，上尾一個月，公所閣派人，佇猶無動無靜ê墓頭，插一支一支ê牌仔，公告最後遷徙ê期限，期限若到，官方就欲強制執行。

「勿講啥物鄉長、縣長啦，就算是總統親身出面嘛仝款，啥人敢去動阮爸仔母ê墓一粒土砂，恁爸鋤頭柄攑咧，嘛欲佮伊輸贏到底！」阿爸一開始口氣放真硬、拳頭捏足絚。後來，看著親情朋友、厝邊隔壁，一個一個姿勢落軟、立場搖動，局勢愈來愈不利，加上佇公所食頭路ê姑丈幾仔擺共苦勸之下，無奈何，佇期限欲到ê上尾仔工，才勉強頕頭、答應遷徙。

日子看好，大兄載我佮阿爸、阿母，做伙到埔仔佮土公仔會合，準備共阿公、阿嬤抾骨。

這是我頭一擺看人咧開壙抾骨，以前無這款經驗，干焦捌聽人講過，有ê人死去了後，皮肉毋但攏無爛去，頭毛、指甲閣會繼續發長ê「蔭身」。勿講去看著，干焦聽著，就會予你規身軀起雞母皮。

毋過，死人骨頭，我毋但看過，閣捌摸過、提過。讀高中ê時陣，生物實驗教室後壁規片ê玻璃櫥仔內底攏是一副一副，完完整整ê動物骨頭見本。除了貓仔、狗仔、豬仔、鹿仔……以外，猶有二個人ê，一個骨架較大身，一個生做較細漢，應該是一個查甫、一個查某，我本底一直掠準彼是石膏模仔做ê樣品。彼冬學期結束，自然科學館欲拆除改建，歇熱ê時，生物老師叫阮班裡幾个較大漢

粗勇ê同學鬥搬物件，進前，伊已經先用紙箱仔共全部重要ê見本攏裝好勢矣。

「細膩喔！毋通落落去，內底攏是自日本時代留落來ê寶貝，真正ê骨頭呢！」欲開始搬進前，老師特別閣共阮交代一遍。

「真正ê骨頭？」我聽著hiông-hiông越一下，開喙問老師。

「當然嘛真ê，你看日本人做代誌偌頂真，這馬無當去提矣！」老師嘛是這間學校日治時期ê學生，大學畢業了後，就倒轉來母校教冊到今，伊對學校ê一切誠了解，嘛足有感情，遮所有ê物件，會使講攏是伊ê寶貝。

我搬ê彼箱，量其約仔十外公斤重，搬到新ê科教大樓，我心內感覺好玄，主動共老師講，橫直我無代誌，敢會當共鬥款物件？老師看我遐熱心，就答應我。我先共家己搬來ê彼箱拍開，內底竟然就是其中彼副查甫人ê骨頭！我斟酌共伊一部分、一部分提出來囥予好勢，彼那像象牙ê色水，閣小可仔金滑外表，輕輕仔無偌重，原來這就是人ê骨頭，死人ê骨頭！

阮先來抾阿公ê骨。因為彼時我猶誠細漢，我對伊已經無啥有印象矣，干焦小可會記得，伊在生ê時陣，不時戴一頂烏氈帽，留一抱白喙鬚，攑一支柺杖仔，逐工對厝內到廟裡行來行去。

燒金點香，拜拜了後，土公仔佮助手先共墓頂ê土掘開，連鞭仔就先看著天蓋，規个棺材已經有一部分漚爛去矣。毋過，阿公無

無去,嘛無變蔭身,干焦偆一副骨頭猶佇咧,因為進前有浸著水,小可有變色、散開。是講,袂感覺會有啥物恐怖。

土公仔先斟酌清理予好勢,才閣共骨頭一塊一塊,勻勻仔抾起來,照順序囥入去金斗甕仔裡。

紲落去挖阿嬤ê墓。雖然經過十外冬,我對伊ê感覺猶閣足深ê,可能是伊逐工攏炁我去學校ê關係。伊講話總是輕聲細說,頭殼頂慣勢縛一个頭鬃髻,掛一副玉手環,穿一軀烏衫褲,身軀不時有彼款玉蘭花ê芳味。

因為相對過身ê時間較短,閣再加上彼時所用ê材料較好,除了落漆退色以外,規个棺材猶保存kah誠好。工人共天蓋撬開,阿嬤全款猶佇咧,嘛無變蔭身,一副骨頭完完整整倒佇遐,連手骨ê玉環、指頭ê金仔,都攏保存kah誠好勢,我甚至猶鼻會著彼款玉蘭花ê芳味。

來到塔前,管理員事先知影阮欲來,已經佇門口咧相等矣。這是納骨塔起好了後,我頭一擺來。幾百坪、三樓懸,模仿古早中國北方宮殿式ê建築,看起來有影誠大棟、誠氣派,咱這寡鄉親序大,一世人跔佇庄跤草地,凡勢佇伊在生ê時,嘛毋捌看過遮爾婿ê厝。

「阿南兄,你看!你看,這款所在免予風吹日曝、毋驚落雨入水;規年透冬,有人負責燒香點火;初一十五,有人專門唸佛誦經,是毋是比早前加誠四序」管理員先共地藏菩薩ê神像拜拜、報告一下。了後,開始親像推銷員仝款,共阿爸介紹這間新起ê納骨塔。

「你毋通看遮起 kah 遐爾懸、閣遐爾闊呢,二萬个塔位,一晡仔就已經入來一半較加啊,紲落,真緊就會客滿,我看,我嘛愛緊來先注文一下,若無時到萬不一訂無位,按呢就誠費氣矣!」這个管理員確實有影真勢講話,我想無定著伊早前是專門咧做 buloka 賣厝 ê。

「一格一格,袂輸粉鳥櫥仔咧!逐家門仔戶仔攏關牢牢,無一个頭前埕,是欲按怎相揣開講?無留一个後尾門,嘛無方便出入?」阿爸四界巡巡探探咧,提出伊的疑問。

「這个時代,經濟發展、社會進步,咱 ê 生活佮觀念嘛愛綴咧改變。這馬人口愈來愈濟,土地愈來愈貴,這佮都市人仝款啦,你看個幾口灶會當蹛透天厝,大部分攏嘛佇公寓大樓。平常時仔雖罔隨人關一間,欲開講、行踏,攏嘛會去公園。你看,咱遮四箍輾轉闊茫茫又閣清幽幽,以後工程完成、整理好勢,看欲按怎行、按怎話,免驚行無路,免驚揣無人!」管理員簡單幾句話,就共阿爸 ê 疑問解決好勢矣。

自彼擺了後,清明若到,阿爸仝款佮阿母猶有阮兄弟仔做伙去「培墓」。這時,塔 ê 前埕空地仔已經事先共拜拜欲用 ê 桌仔排 kah 好勢、好勢矣,你干焦共牲禮囥咧桌頂,先燒一炷香,落尾閣燒一寡銀紙,按呢就會使得矣。佮早前比較起來,有影加誠簡單省事。

等香燒過 ê 這段時間,阿爸攏會行入塔 ê 內底,專工去囥阿公阿嬤骨頭甕仔 ê 所在看看咧,順紲共個講一寡話,就佮過去佇埔仔

ê時陣全款。毋過，猶是看會出來，阿爸加誠無元氣，那親像失去早前彼款，對伊來講，特別 ê 儀式佮重要 ê 意義。

後來，我大學畢業，先去做兵。紲落閣佇北部食頭路。有時時間袂拄好、有時功課較無閒，清明欲到 ê 時陣，伊就無像以前按呢，特別吩咐阮一定愛倒轉來矣！雖然，伊嘛是會照常款牲禮香紙去塔裡燒香拜拜，全款會共阿公阿嬤講一寡話，一直到伊破病為止。

會記得彼年考牢大學，系裡 ê 迎新活動結束了後，宿舍 ê 學長閣專工為阮六个新來 ê 菜鳥仔，辦另外一擺 ê 迎新儀式，地點佇內湖金龍山 ê 墓仔埔。

彼工日頭欲落山 ê 時，眾人先來佇山跤集合。等天規个齊暗了後，學長予阮一人一支手電仔。抽著頭一號 ê 人先出發，每隔十分鐘，另外一个才閣出發，對山跤行到山頂，大概三十分鐘久，另外有學長會佇山頂相等。我拄好是上尾一个，家己一人提一支手電仔，行佇二爿邊仔攏是墓仔埔 ê 細條山路，四界暗 bong-bong，冷風吹過來，予人身會冷、心會寒。

去到山頂，一片平地，學長佮先到 ê 同學攏佇路口咧相等，歡迎咱通過考驗。彼个時陣，布帆早就搭好矣，暗頓嘛已經煮好矣。紲落去，眾人行四箍輦轉攏是墓仔 ê 山頭迎新暗會、露營。

隔轉工早起，當我對布帆內爬出來 ê 時，我予面頭前 ê 物件驚一下足大下，原來，我蹛 ê 彼領布帆 ê 門口差不多五公尺遠 ê 所在，

正正佮二門墓相對。墓仔埔本來世界就攏是墓,毋過,彼二門誠奇怪。二个毋但契相倚,閣生做強欲一模一樣,干焦看起來一門較舊一門較新爾。

「敢會是翁仔某,抑是雙生仔?」我感覺好玄,行向頭前斟酌共看,正手爿較舊ê彼門墓牌正中央刻:「戴佳〇之墓」,字ê頂頭閣有一張查某囡仔,喙仔略仔笑笑,穿高中生卡其衫,半身ê相片。墓牌正手頂頭閣刻一逝字:「生於民國四十三年逝於民國六十年」。墓牌倒手下面嘛刻二逝字:「父 戴〇〇 母 楊〇〇同立」;倒手爿較新ê彼門墓牌正中央刻:「戴佳〇之墓」,字ê頂頭仝款有一張查某囡仔,面仔小可憂憂,戴大學生ê學士帽,半身ê相片。墓牌正手頂頭仝款刻二逝字:「生於民國四十五年 逝於民國六十八年」。墓牌倒手下面仝款嘛刻二逝字:「父 戴〇〇 母 楊〇〇同立」。

「姊妹仔!原來彼二門是姊妹仔!一个才十七歲、一个才二三歲就來過身去矣。個二人到底是發生啥物代誌?個爸母會是偌爾悲傷ê心情?」我規个人戀神戀神,佇彼二門墓頭前倚規晡久,倚到同學走過來叫我食早頓,我才精神過來。

彼工,毋管、食飯、活動、坐車、轉來、歇睏,我攏失神失神,目睭前看著ê攏是彼二張相片、心肝頭想著ê嘛是彼二門墓。

這個情形,困擾我誠久ê一段時間。我有時陣會無張無持,想著彼二个姊妹仔ê代誌,甚至連做夢都夢著彼二門墓ê模樣。我足

想欲知影，遐爾少年 ê 彼二个姊妹仔，到底是發生啥物代誌？遐緊就來離開這个世間？我嘛足想欲知影，個 ê 爸母是欲按怎面對這款情形？

大學畢業進前，我利用清明前幾工，有人開始咧整理墓園 ê 時陣，決定閣去彼个所在看覓。毋過，行幾仔條無仝 ê 山路，揣幾仔遍附近 ê 埔仔，猶是揣無彼二門毋知埋葬啥物故事 ê 墓。

佇衛武營做兵 ê 時陣，有一擺拄好搪著漢光演習。阮 ê 單位負責防守林仔邊海岸線 ê 任務，阻止阿共仔 ê 部隊對个所在偷偷仔登陸。

部隊來到埠岸頂，眾人按照職務散開，有 ê 囥 81 迫擊砲、有 ê 架 50 重機槍；有人提 57 輕機槍、有人攑 65K2 步槍，攏總仆佇埠岸頂。七月時仔 ê 海邊仔有夠熱，埠岸頂又閣是鞏紅毛土 ê。眾人毋講是規身軀衫仔褲，澹了閣再焦、焦了閣再澹，成做白霧霧 ê 一片鹽花仔，連下跤面彼二粒卵，都煎 kak 強欲變熟去。我雖然是擔任輔 ê，負責看顧兵仔 ê 狀況，毋免一直仆咧塗跤。毋過，無停佇炎日下按呢來來去去，仝款是熱 kah 強欲昏昏去。

埠岸 ê 後壁，一爿是規个攏栽木麻黃 ê 防風林；另外一爿，是一大片 ê 墓仔埔。中晝歇睏 ê 時間，連隊眾人，攏趕緊覕入去防風林內食晝、歇睏。我一來無愛去佮個相契，二來一時感覺好玄，刁工行過去彼片墓仔埔共看看咧。

過無偌久，佇二門相椅近ê墓仔中央，我發現一門挖開ê空墓，墓頭已經敲破矣！墓坑內底猶有一塊退色ê棺材枋，照這款情形共看來，應該是才開礦、抾骨無偌久ê款。

　　我無張持想起幾冬前，去看阿公、阿嬤咧抾骨ê代誌，面頭前，就親像阿公、阿嬤倒咧遐全一款。毋知是按怎，我hiông-hiông一个衝動，跳落去墓坑內。墓坑無偌深，量其約仔一公尺彼个跤兜。彼个時陣，日頭已經小可斜西矣，日光拄好去予邊仔彼門墓閘咧，照袂著墓坑內。我規氣共鋼盔、外衫、S腰帶佮鞋仔攏褪褪落來，閣先點一支薰唌一大喙，紲落，規个人撐佇棺材枋頂。這時，我ê頭前、跤尾佮雙爿仔攏是土壁，我目睭開開，看懸懸規片曠闊ê天佮勻勻仔徙過去ê雲，四箍輾轉，除了一寡起起落落ê蟲聲以外，無其他ê聲音，予人感覺有夠清幽閣秋清。紲落，我共日睭瞌起來，心內想講，按呢是毋是就是死亡ê情境……

　　「輔ê！輔ê！緊起來，緊起來啦，欲集合矣！」毋知經過偌久，我眠眠ê時陣，hiông-hiông聽著有人大聲咧叫我，攑目一下看，一个人頭佮二片鏡仁出現佇我ê面頭前，原來是我ê政戰士探頭咧叫我。想袂到，我竟然佇墓坑內底、棺材枋頂頭，睏一个中晝。是講，我這篐政戰士仔嘛誠有本事，平常時仔看伊一副散形散形ê款，那會有才調佇規大片ê墓仔埔揣著我？

　　自彼擺ê經驗了後，我對墓仔埔，開始有一種奇怪，甚至是變態ê感情，見若有墓仔埔ê所在，毋管大大細細，嘛無啥物特別ê

目的。毋過，就是攏會有一款自然 ê 衝動，想欲去共行行、看看咧。

轉來台南教冊以後，有幾仔擺，無論是經過咱一般 ê 庄跤郊外，抑是市內親像五妃墓、安平湯匙仔山 ê 十二軍伕墓、猶有歷史上久長、面積上大片 ê 南山公墓，我若有時間，就會停車落去四界共巡巡、踅踅咧。

我有時陣，會坐佇五妃廟 ê 頭前，想像三百外冬前，彼个短暫、驚惶 ê 亂世，個五个無依無倚，甚至無名無姓 ê 查某囡仔，選擇先同齊去吊脰，後來閣做伙埋仝位，彼款 ê 勇氣佮悲情！我有時陣，會行入去以前荷蘭時代 ê 烏特勒支堡，後來又閣號做湯匙仔山 ê 安平公墓內底，徛佇彼幾門軍伕 ê 墓前思考，彼一工，個欲出征 ê 時陣，是抱著啥物款 ê 心情？敢有想過，是會用啥物款 ê 方式，倒轉來故鄉？我有時陣，若經過西門路底抑是中華南路 ê 路邊，會順紲斡入去南山公墓，四界巡看墓牌頂頭。是毋是猶閣有我所聽過，一寡府城 ê 名人，嘛佇這規片闊莽莽 ê 所在長眠？

我有時會家己想，毋知狀況 ê 人看著我，可能會掠準我是毋是佗位來看風水 ê 地理師、抑是佗一間精神病院偷走出來 ê 病人、抑是佗一个糊塗 kah 揣無家己 ê 厝 ê 孤魂野鬼？

有一冬歇寒，我綴旅行團去日本觀光。彼日暗頭仔小可咧落雪，當遊覽車欲停佇東京郊外 ê 一間新起 ê 飯店門口 ê 時陣，我發覺飯店 ê 隔壁，竟然是一片無講足大片，大部分攏予雪蓋牢咧 ê 墓

園。我一直感覺真好玄,閣工,我特別早起,行入去彼个墓園,佇四界攏是雪 ê 墓園內,我用手共一塊一塊 ê 墓牌,略仔拭予清楚,頂頭刻 ê 名,我當然是攏無熟似。是講,我感覺誠有意思,日本人 ê 墓仔就親像個 ê 徛家仝款,大部分攏細細間仔,毋過攏整理 kah 成四序、誠清氣。我看 kah 一時袂記得時間。當遊覽車欲出發 ê 時,導遊四界咧揣人,我才青青狂狂對墓園內面走出來。當我上車 ê 時,我發覺幾仔蕊目睭同時咧看我,我想車內 ê 旅客,可能有人會去予我驚一趒。

猶有一擺歇熱,我佮學校幾个同事,相招去美國西部 ê 國家公園迌𨑨。彼工,拄好輪到我駛車,佇舊金山欲去西雅圖 ê 半路,我 hiông-hiông 看著正手爿遠遠 ê 山胶,有一大片 ê 青草埔,草埔仔頂閣有一排一排誠整齊 ê 白花,內面猶有一寡人佇遐咧行來行去。我共車停落來,順溪仔邊行經過一條橋,來到彼片 ê 青草埔。到位才知影,彼竟然是規大片 ê 軍人公墓。頂頭 ê 白花,原來是一個一個白色十字型 ê 墓牌。看起來應該有幾仔千个,逐個墓攏仝一款,內底埋 ê,卻是攏無仝款 ê 人。毋過,嘛可能個攏有仝款 ê 遭遇?

我頭一擺看著墓仔埔生做這款 ê 模樣,彼是一款平靜清幽 ê 感覺,予你完全感受袂著,早前印象內底,墓仔埔 ê 垃儳佮雜亂,猶有死亡 ê 恐怖佮可怕。個就親像,來到另外一个無痛無苦 ê 世界,過著另外一種無爭無戰 ê 生活。

後來,我若有機會出國,去到每一个城市,我攏會特別利用一寡時間,去走揣個在地 ê 墓仔埔。

親像幾冬前，去奧地利旅行，我專工去一逝維也納ê中央公墓。這個公墓是全歐洲面積第二大ê公墓，有一百外冬ê歷史矣！內底攏總有三十外萬門墓，上介特別ê是，墓園有一個專區，內底所埋葬攏是一寡足有名ê音樂家，包括貝多芬、舒伯特、布拉姆斯、約翰史特勞斯……等人，猶有莫札特ê紀念碑。每一門墓，攏有伊無仝款ê造型佮風格，規個墓園，就親像一個美麗ê公園，甚至是一首偉大、迷人ê交響曲。

　　隔轉冬，我去法國巴黎參加查某囝ê畢業典禮。了後，我又閣撥工走去拉雪茲神父公墓。這個公墓歷史閣較久，已經超過二百外冬矣。規個公墓無像墓園，顛倒袂輸是一座户外ê藝術館。逐門墓就親像一件藝術品，毋管是古早式、鄂圖曼式抑是哥德式，攏有伊家己無仝ê故事佮特色。這個墓園，仝款有濟濟款ê藝術家佮文學家佇遮長眠，包括創作《人間喜劇》系列ê巴爾札克、《追憶似水年華》ê作者普魯斯特、書寫《斯芬克斯》ê王爾德，猶有以《夜曲》成名ê蕭邦、編寫歌劇《卡門》ê比才……

　　假使講，維也納ê中央公墓是一首偉大ê交響曲，若按呢，巴黎ê拉雪茲神父公墓就是一本長篇ê小說。一門墓就親像一冊頁，就算用規工ê時間，嘛掀袂了，看袂煞。

　　上重要ê是，這款所在，予人袂去想著死亡ê恐怖，顛倒會感受著性命ê氣氛。彼就親像雖然蹛佇另外一个看袂著ê世界，毋過，個攏仝款佇遐繼續咧譜曲、繼續咧創作。

阿爸過身前幾工，我去病院看伊，看護講伊藥仔拄食了，才睏去。

「喪事簡單就好矣，火化了後，骨頭甕仔囥入去塔裡，俗恁阿公、阿嬤做伴。」我坐佇病床邊仔ê椅仔咧看報紙，毋知當時，伊精神來，擘目、開喙共我交代。

我想，當初時，伊捧阿公ê金斗甕仔行入去納骨塔ê時陣，心內應該嘛決定好矣，伊無奈愛放棄早前所堅持ê儀式佮意義。

納骨塔當然是加誠方便、四序。有時陣，我猶是會想起，彼規片懸懸低低、起起落落ê墓仔埔，雖然，伊無親像外國ê迌爾仔清幽、美麗。毋過，我相信，阿爸猶是較合意這款所在。伊最後無機會去蹛佇伊所希望ê所在，我嘛無機會去共伊割草、培土、硩墓紙。

告別式結束了後，紲落來到火葬場，阮眾人佇葬儀社人員ê指示之下，跪落共阿爸做最後ê祭拜。

「阿爸，緊走喔，火來矣！阿爸，緊走喔，火來矣！」葬儀社ê人，閣一直出聲，叫阮綴伊喝。

「咱人有三魂七魄，死去了後，七魄雖然消散，毋過三魂出竅，一魂轉去天頂，一魂留佇墓裡，一魂入到神主。」這ê時陣，我hiông-hiông想著伊進前培墓ê時定定共阮講過ê話。我趕緊大聲一直喝，一直喝……

無厝 ê 人

彼工,天才拍殕仔光,我猶倒佇眠床頂咧伸匀。眠眠 ê 時,hiông-hiông 聽著救護車 ê 聲,對公園運河彼頭傳過來,我有一種無通好 ê 感覺……

二冬前,我對這个老城市東爿面仔倚近市內 ê 舊社區,搬徙來到西爿面仔較屬郊外 ê 重劃區,徛家 ê 附近就是運河,運河邊仔有一个小型 ê 社區公園。

根據路口,頂任市長刻字留名 ê 石碑所寫,這個公園完成到今已經六冬外矣。雖罔只是一个社區 ê 公園,毋過,伊有誠大 ê 意義,是為欲紀念西元 1865 年,頭一名對英國蘇格蘭,來到咱台灣府城傳教 ê 長老教會宣教師――馬雅各醫師,濟世救人、大愛奉獻 ê 精神,來號名 ê 紀念公園。

毋但按呢,這个公園,我查資料,講伊嘛是全台灣,頭一个利用低碳理念、廢料美學做訴求 ê「負碳工法 ê 公共藝術公園」。是講,這幾冬來,我差不多逐工攏佇遮出入,看過來、看過去,到今猶是看袂出來,伊到底有啥款 ê 理念佮美學?

這个公園，本底是台江內海 ê 一部分，後來先變做魚塭仔，紲落才閣形成砂埔地，上尾仔去予政府徵收，經過重劃、整理了後，成做現此時小可長株 ê 四角形。東爿面仔是運河；西爿面仔倚大路；向南隔一堵牆仔是舊年才開幕，七樓懸 ê 長青公寓；向北離一條巷仔是規排新起無偌久，四樓半 ê 透天厝。照理講，規个環境是算誠好。

　　毋過，可能是先天條件 ê 不良，加上後天管理 ê 失調，內面除了彼幾欉較耐鹹 ê 粿葉樹佮苦苓仔，勉強大著較成物、活了較精光以外，其它 ê，毋管是茄冬、鳥榕，抑是斑芝、刺桐，攏生做黃酸搭命、欲死盪幌 ê 感覺。連上粗賤、韌命 ê 草埔都發 kah 離離落落，這爿缺一角、彼爿禿一 khî，規个看起來袂輸臭頭爛耳 ê 全款。顛倒是彼幾項人工建築 ê 運動設施佮彼間公共便所，起了真顯目，看著誠氣派。

　　尤其是起佇東北角彼間公共便所，造型誠特別：伊 ê 正身，頭前夯懸、尾後放低，二爿伸手仔翹起來、摸長去，足親像一隻展翅欲起飛 ê 白翎鷥，佮咱早前定定看過，彼種起做四四正正、鏗鏗角角 ê 建築，印象完全無全款，誠有藝術性佮現代感。

　　是講嫌罔嫌，有總比無好。佇這款土地袂輸用金仔砛起來 ê 都市，有一塊量其約四、五千坪 ê 空地仔，會當予人免費伸勻、喘氣；有一輾差不多五、六百米長 ê 磚仔路，有通予咱自由散步、行踏，嘛算袂穤矣啦！

我逐工固定二擺，早起時食飽了後佮暗頭仔食飯進前，攏會牽阮兜彼隻「阿福仔」，做伙去公園，家己練跤步順紲予伊放屎尿。

會記咧是前--年，差不多中秋過去 ê 二、三工後。早起，我佮阿福仔全款行入去公園 ê 時，看著便所正伸手簷簽跤 ê 壁角頭，有一个查甫人，倒佇草蓆仔頂，四跤挓直直，睏 kah 毋知人。

彼工暗頭仔，我閣出去，彼个查甫人已經睏精神矣，坐佇柱仔跤 ê 石頭頂，uān-nà 咧食薰、uān-nà 咧啉酒。

伊看起來差不多六、七十歲彼个跤兜，面肉烏趖趖、頭毛散掖掖；一軀衫褲 thái-ko-nuā-lô，規个跤手 oo lö-tsiap-tàng，袂輸才對館仔內放出來 ê 全款，看起來應該是佇外口流浪誠久矣。

其實，伊人生做高長大漢，體格袂穤。毋過，面仔 hàng-hàng，身軀腫腫，一 khian 腹肚垺垺，看起來那像有帶身命 ê 款。

紲落去，二工、三工，一禮拜、二禮拜，伊全款 ê 時間，攏佇全款 ê 所在。我想，伊應該閣是一个有路無厝、四界流浪 ê 遊民。

過差不多半個外月，彼一工拄好風颱過後，雨落規日。等到暗時八點外矣，雨才暫時停--落。我驚阿福仔擋傷久，膀胱袂堪得，趕緊趁雨縫，牽伊出去巷仔口予伊會當敢敢咧就好矣，想袂到，伊誠固執，猶是堅持欲去伊慣勢 ê 公園。

才行一搭久仔，雨又閣落來矣。無法度，我狗牽咧，趕緊就近走入去便所閃雨。一下走入去，無張無持，去予驚一大趒。彼个人

竟然褪光光，徛佇便所門口 ê 水道頭前，咧洗身軀。

「衫褲、身軀攏澹澹去矣，順紲做伙洗洗咧！」伊 hiông-hiông 看著我這時陣對外口傱 - 入 -- 來，喙仔笑笑，感覺小可歹勢，可能無想著這款天氣、這個時間，猶閣有人會專工走入來便所。

我毋是予伊褪光光 ê 身軀驚著，是去予伊褪光光 ê 身軀頂頭 ê 彼隻物件驚著。

伊對頷仔頸到跤後肚，唯胸坎前到尻脊骿，強欲揣無一塊原本 ê 皮肉，規个刺一隻活 lìng-lìng、青 piàng-piàng，青面獠牙、生毛帶角，雙跤八爪 ê 烏龍，就親像廟裡 ê 單盤龍柱全款。

另外，龍頭拄好刺佇腹肚 ê 正中央，尖角捲鬚、凸目開喙。看會出當初時，一定有非常威風 ê 紀錄佮相當驚人 ê 氣勢。毋過，因為身材明顯變形、體型早就走精，規个模樣，予人一款奇怪 ê 感覺；腹肚下跤，一粒龍珠，消風勾水、垂垂幌幌，看來嘛已經失去，早前激情 ê 衝動佮雄猛 ê 活力。

上特別 ê 是，伊正手爿過耳空佮倒手爿髕仔骨 ê 所在，二條長長 ê 刀 khî，對對劃過龍身。一條，可能是早就無人知 ê 江湖事？一條，敢講是永遠轉袂去 ê 不歸路？

自彼擺 ê 遭遇了後，我私底下，共伊號一个名，叫做「烏龍仔」。

進前，我攏是恬恬仔行路爾，無佮伊相借問；伊嘛是攏愣愣仔

咧食薰，無佮我相交插。

「這隻日本狗 hōnn？敢是秋田？」想袂到。隔轉工下晡，烏龍仔本底佮以前仝款，坐佇柱仔跤 ê 石頭頂咧食薰，遠遠看著我，竟然主動先開喙。

「是日本狗啦，毋過毋是秋田，是柴犬。」聽伊咧問我，我跤步停落來，好意共回答。

「那會遐仝款？我以前嘛有飼過一隻秋田呢！」伊呼一下噓仔，阿福仔即時偬進前，我嘛順紲予摸過去。

「牛做誠嬌呢！這款狗足忠 ê、足歹 ê，嘛足勢顧厝 ê。」烏龍仔一面摸阿福仔 ê 頭殼、一面搔伊 ê 尾溜，按呢共呵咾。

阮阿福仔自斷奶了後無偌久，朋友就送來予我飼，阮翁某對伊親像家己 ê 親生囝仝款，毋捌去予枵著，毋捌夫共拍過。伊到底有忠無忠、有歹無歹其實我嘛毋知影。毋過，會當確定 ê 是，伊絕對袂曉顧厝。見擺，若有生份人來厝裡，毋管是安裝門窗抑是修理水電 ê，伊毋但毋捌喝過半聲、叫過一句，閣會主動揣人佮伊做伙耍，根本都分袂清 siang 是好人、siáng 是歹人？我看，連規間厝攏去 hông 搬走，伊嘛無感覺？

「秋田佮柴犬有影真相仝，攏是日本狗。是講秋田較大隻，柴犬較細型啦……」我認真共烏龍仔解釋。

「幹！」我話猶未講煞，烏龍仔 hiông-hiông 誶一聲。我嘛去

予驚一趒。趕緊勼酌共看,原來阿福仔無張無持,狗跤攑起來,正正對烏龍仔 ê 跤盤頂共漩 - 落 -- 去。

「失禮!失禮啦!」我趕緊共阿福仔摸開,一直共伊會失禮,想講,這聲慘矣,這尾烏龍仔若起呸面,毋知會按怎?

「無要緊啦!無要緊!狗仔攏嘛會按呢。」想袂到烏龍仔人徛起來,跤 hiù-hiù 咧,那像無代誌仝款。

「幹!你這隻狗仔誠 lān-muā ê 款喔!後擺若閣烏白漩,就共你彼隻膦鳥割起來!」伊先開喙笑笑仔共我講,才閣翻頭伸手,輕輕仔 pa 一下阿福仔 ê 頭殼。

後來,阿福仔見若看著烏龍仔,免伊叫,家己就會主動走過去,又閣幌頭、又閣搖尾;烏龍仔看著阿福仔,有時嘛會家己徛過來,閣提毋知對佗來 ê 餅幼仔、肉屑仔請阿福仔食。就按呢,個二个煞變做好朋友。阿福仔誠有義氣,毋捌閣佇烏龍仔 ê 跤盤放過尿;烏龍仔嘛真講信用,無閣講欲共阿福仔 ê 膦鳥割起來。

「來啦!食一支 honnh?」自彼擺開講了後,伊見若看著我,攏會提薰欲請我。我做兵 ê 時有食薰,後來就改起來矣。看伊薰挩過來,我一時毋知欲按怎?

「唉,食一支爾,袂按怎啦!」烏龍仔看起來足有誠意。

俗語講:「無酒不成宴、無薰講無話」。看伊遐誠意,我就無堅持,以後攏會停落來佮伊食一支薰、講一寡話。

毋 - 捌 -- ê

伊毋捌講伊 ê 私事，我嘛毋捌問伊 ê 過去，大部分 ê 時間，攏聽伊咧誶政府、譙官員、怨天地、怪命運。

「我全身規組 ê 零件差不多攏害了了矣，隨時會掣起來！」干焦有一擺，伊話講一半，嗽 kah 誠厲害，才共我講伊有高血壓、糖尿病、肺管炎、狹心症佮肝硬化……

「那無欲去予醫生看？」我一起頭就感覺伊身體無通好，有影無毋著。

「看看彼無路用啦！逐擺若毋是叫咱袂使閣食薰、袂使閣啉酒；無就是叫咱愛食藥丸、叫咱愛啉藥水，活 kah 遐艱苦欲創啥？」伊點一支薰，大力㗅一嗒。

「我無健保呢！醫藥費貴 sam-sam，錢若欲予醫生趁，我煞袂曉家己開？」伊話講了，隨閣出力㗅一嗒薰。

就按呢，一禮拜、三个月、規半冬過去矣，烏龍仔繼續佇便所邊 ê 簾簷跤蹛--落-來。伊逐工固定，欲暗仔就出門、天欲光才轉來；睏到日頭晝、半晡才精神。有時陣，坐佇柱仔前 ê 石頭頂，食薰、啉燒酒；有時陣，倚踮門跤口 ê 牆仔邊，哼歌、拍納涼。

論真講--來，這个公園，所在無偌闊、風景嘛無算媠。熱--人，無樹無蔭、寒--人，風大風透，除了早起時佮暗頭仔，一寡社區 ê 里民會來散一个仔步、運一个仔動以外，其它 ê 時間，真少有人行

踜到。

　　烏龍仔,天一暗就出門,根本走 kah 無看影;日欲出才轉來,不時睏 kah 毋知人。干焦久久仔一擺,燒酒啉了傷過頭、唱歌哀 kah 較大聲以外,是無啥物明顯破壞安寧 ê 代誌;除了罕罕仔一遍,衫褲褪 kah 倯一領、踮咧便所門跤口洗伊 ê 身軀,嘛無特別嚴重妨害風化 ê 情形。

　　毋過,公園總是公共場所,尤其是熱天時仔,伊定定規工攏褪腹裼,身軀頂頭彼隻烏龍,雖然已經變形、走精去矣,猶是有人看了袂順眼,想著袂放心,偷偷仔去投書、反應,希望有關單位會當共趕走。

　　「我敢有刣人、放火?抑是跋筊、食毒?這是公園呢!我佇遮歇一下仔睏、噗一支仔薰、啉一喙仔酒,敢講有犯法?」面對警察佮里長,烏龍仔講 kah 有扮有頭、有理有路。

　　「無人講你有犯法啦!是講附近 ê 民眾,反映講你有時陣啉酒了後,喝 kah 大細聲;猶有無穿衫褲,佇咧便所裡洗身軀,按呢會妨害安寧、擾亂民眾啦!何況,這是公共場所,一、二日準拄好,你長期守佇遮,按呢毋好啦!」生做脹脹瘠瘠、面肉白白 ê 少年家,是阮這區 ê 警察大人,伊按規定、照起工,剾酒共烏龍仔說明。

　　「Sáng 講我唱歌大細聲,你敢有聽過?Sáng 講我衫褲褪光光,你敢有看著?你講我亂來?你敢有證據?」就算警察當面共警告,烏龍仔猶是硬拗死諍無欲認輸。

「你看！你看！彼廟裡又閣咧放炮、唱歌、脫衣舞矣，你有聽著無？你有看著無？按呢敢有妨害安寧？擾亂民眾？恁干焦會曉欺負百姓，敢敢去警告神明？」烏龍仔話猶未講煞，這時運河對岸 ê 鎮海宮，廟埕拄好開始咧點火放炮、舞台頂嘛開始咧唱歌跳舞。

公園運河 ê 對岸，就是奉祀七府千歲 ê「鎮海宮」，因為香火興旺、信徒誠濟，會使講有閏日無閏月、隔初一無隔十五，若毋是咧放炮、放煙火，就是咧搬戲、唱歌舞，規個社區不時薰 phông-phông，鬧 tshai-tshai。

「毋是按呢啦，是講你蹛佇遮無啥四序啦，我來共你揣一个較好 ê 所在敢好？」生做矮矮肥肥、面仔烏烏 ê 中年人，是阮這里 ê 里長伯仔，伊笑頭笑面、好話好句，勻勻仔共烏龍仔安搭。

這段時間，里長佮警察前後有來過二、三擺。一个專門做歹人，用歹話共提醒、警告；一个逐擺搬好人，出好喙共 koo-tsiânn、拜託，二人袂輸七爺、八爺咧。毋過，搪著這箍人，猶是無路用，伊就是無欲離開，一直到過年前幾工。

彼工，我才出門行到路口，遠遠就看著幾个人佇公園便所邊仔，講 kah 大細聲、噁 kah 規晡久，原來是里長、警察佮一个以前毋捌看過 ê 生份人，猶有彼隻烏龍仔。

我小可頓蹬一下，無直接行過去，換方向斡正爿，一輾猶行袂到，hiông-hiông 看著烏龍仔彼 kha 帆布袋仔捾咧，綴管-區--ê 坐

入去警察車裡。我驚一趒,想講敢會是彼箍烏龍仔,又閣去做啥物歹代誌,才會予警察掠掠去?

我趕緊行過去問里長,好佳哉,原來是因為這幾工寒流來,已經寒死幾仔个遊民矣。第四台早暗無停咧報送,市議員規工嘛一直咧批評。社會局 ê 人去 hông 釘 kah 袂輸臭頭雞仔,趕緊安排一寡遊民,暫時去相關 ê 單位收容。所以這擺官方毋管烏龍仔按怎番、按怎花,也用筶、也用麋,就是一定欲共伊送離開。

啥知,初五猶未隔開咧,彼尾烏龍仔,又閣出現佇便所邊仔,四界咧 luā-luā 趖矣。

「你那會閣佇遮?」我想講伊是毋是惹代誌,去 hông 趕出來。

「偷走出來 ê,彼款生活咱蹛袂合啦,規矩一大堆,猶是這款所在加較慣勢!」伊喙仔笑笑,bū 一喙薰,看起來誠爽快。

離便所邊正手爿,差不多五公尺遠 ê 所在,就是運河。

這條佇日治時代大正十一年開始起造,前後用四冬外 ê 時間,攏總開七十萬三千箍 ê 日幣,早前為台南帶來短暫 ê 交通利便佮一時 ê 觀光鬧熱 ê 運河,算起來嘛將近欲一百歲矣。當初時,因為設計 ê 失當、地理 ê 變化,閣加上,後來人為 ê 汙染、環境 ê 破壞,伊早就成做一條予政府困擾頭疼、予百姓棄嫌心煩 ê 臭水溝。

雖然政府,表面上,逐冬攏編列誠濟 ê 經費、投入袂少 ê 人力,想辦法咧共醫治佮照顧。私底下,污水、糞埽就親像細菌、病毒全

款，暗中無停對伊咧傷害佮謀殺。

奇怪ê是，這條規身漚臭、年老病重，看起來強欲無脈、斷氣ê運河，猶原遐爾固執、倔強咧活命。水面暝日固定洘流、滇流，顯示伊ê氣，照常猶咧喘；魚仔逐工不時跳來、跳去，證明伊ê心，嘛繼續有咧動。

伊ê水面早就已經看無船仔咧行矣，毋過，伊ê水裡確實有誠濟魚仔佇遐咧泅。

我毋知影個是為啥物，那會離開彼个曠闊、清氣ê大海，來到這个垃儳、侷促ê運河？我嘛想欲知曉個是欲按怎，那有法度佇這款烏臭ê水裡存活過來？佇這款漚爛ê土底生湠落去？敢講，個就親像，另外一群，佇這个世界ê邊墘咧連回ê遊民仝款？

早起時仔較軟日，抑是下晡時仔較秋清，攏會有人相招相報、相看相樣，來咧掠魚。有人用釣竿仔、有人拋魚網仔，逐擺收成攏袂穩，上濟ê是虱目仔佮豆仔魚。

有時陣我會好玄停落來看，我毋知個來掠魚仔是因為趣味抑是為欲生活？見若看著予釣竿仔扭起來，一直出力咧翻來翻去ê虱目仔；抑是予魚網仔枷牢咧，猶是拚命咧跳起跳落ê豆仔魚，我攏會有淡薄仔悲哀ê感覺。

敢講就算閃會開彼大魚兇惡ê吞食，猶是逃袂過咱人貪心ê追殺？敢講就算有才調忍受環境ê壓逼，猶是無法度反抗命運ê創治？

這箍烏籠仔,個性有影較狡怪。照理講,伊蹛佇便所邊,別項無,放尿佮用水是上利便 ê,伊偏偏仔愛孼潲。

市政府沿運河岸邊,鞏規排 ê 鐵枝圍欄佮紅毛土柱。伊有時,會踏上鐵枝,徛佇柱仔頂,褲頭摝落來,往水面漩尿;若無,就跔過圍欄,跳入去河裡,摸蜊仔兼洗褲、拍蓬泅兼洗浴。

有一擺,伊毋知佇啥物所在,抾一領別人擲無欲愛 ê 破網仔,洗身軀順紲 hôo 魚仔。毋成猴,閣予掠著袂少尾。

「來哦!少年 ê,現撈仔,上鮮 ê,讚喔!」彼工欲暗仔,伊竟然無拍算欲出門,毋知去佗位,提一個市面上火鍋店專門咧用 ê 彼款細台仔瓦斯爐,煮一鍋魚仔湯,邊仔閣囥二罐米酒頭仔,家己佇便所邊仔 ê 簾簷跤 ê 壁角頭咧食好料。看我行過,大聲共我叫。

過無幾工,我早起閣去公園 ê 時,竟然無看著烏龍仔。按照進前 ê 經驗,這個時陣,伊應該是猶咧眠才著。

「彼箍青番仔,今仔日透早,去予警察仔掠 - 去 -- 矣!」曲痀仔阿婆遠遠看著我,一直咧共我擛手。我才行過去,伊就親像報馬仔,趕緊共我講。

阿婆今年八十外歲,伊就蹛佇公園邊仔 ê 彼排透天厝。

原來,這個公園四箍輾轉,早前攏是個兜 ê 魚塭仔。伊自少年嫁過來,除了透大風落大雨,逐工就是佇這個所在,毋是咧揷蚵棚就是咧飼魚仔。後來個翁過身去矣,後生、查囡攏佇北部食頭路。

伊家己一个人嘛無才調閣再做塭仔，拄好搪著政府欲徵收土地，規劃做重劃區，伊就共塭仔賣掉。塭仔 ê 一部分成做公園，一部分變成建地；伊共賣地 ê 錢提一寡出來，買其中一戶 ê 透天厝。閣倩一个印尼來 ê 外勞 Lili 陪伴、照顧伊。伊頭殼看起來猶真清楚、精神嘛算袂穤，干焦跤路比較無好、身軀明顯曲痀。

所以，論真講起來，伊原本就是這个公園 ê 主人，這个所在就是伊 ê 地盤。可能是規工關佇厝內感覺無聊，除了透風落雨，差不多一日按照三頓，伊攏予 Lili 用輪椅揀出來離個兜門跤口斜對面，公園中央 ê 涼亭仔裡坐。逐工早起，頭擺出門 ê 時，伊攏會叫 Lili 提一个塑膠袋仔出來囥佇便所 ê 糞埽桶仔，順紲閣再捾一塑膠桶 ê 水道仔水水倒轉去。伊就親像這个公園 ê「園主」全款，幾冬來，佇遮出出入入 ê 人物、大大細細 ê 代誌，伊攏熟似、伊攏知影。

「牽狗仔出來 nih？食飽末？」見擺看著我出來，伊就主動撽手共我相借問。起頭，伊攏先問仝款 ê 代誌；紲落，就開始共我講一大堆 --ê、無 --ê ê 閒仔話。

毋過，伊對烏龍仔 ê 印象一直無通好。毋知是看伊規身軀刺龍刺鳳，抑是看伊一箍人 oo-lô-tsiap-tàng，伊私底下攏叫烏龍仔號做「青番仔」。

照理講，烏龍仔 ê 便所是佇公園 ê 東北角；阿婆仔 ê 涼亭仔是倚公園 ê 正中央，隨人有隨人 ê 地盤，田無交、水無流，應該是無啥物問題才對。毋知是按怎，伊就是看烏龍仔袂順眼。我想，可能

是烏龍仔ê出現，有去侵犯著伊身為「園主」ê地盤，威脅著伊ê地位。

「彼箍青番仔，今仔日透早，去予警察仔掠去矣！」阿婆這擺無先問我食飽未？直接共我講烏龍仔ê代誌。

「Hânn？啊是按怎nih？」我一開始無看著烏龍仔就想咧奇怪，閣聽阿婆按呢講，心內愈感覺緊張。

「聽講伊去做痟豬哥咧拖查某人，拄好去予警察仔搪著，掠去派出所啦！」阿婆講kah有跤有手，那像伊親目看著仝一款。

我早就料著，烏龍仔緊縒慢會出代誌。毋過，我想ê是伊愛啉酒這項，無疑誤，是佮查某有關係。

彼工欲暗仔，我閣炁阿福仔出門，想袂到，竟然閣看著烏龍仔一箍人，坐佇伊平常時仔慣勢坐ê所在咧噗薰。

「啊？你毋是去予警察仔……」看著我，烏龍仔仝款提薰欲請我。

「駛個娘咧！有夠衰潲，好心去予雷唚！」我話猶袂講煞咧，烏龍仔開喙就誶幹譙。

原來，彼工天猶未光，烏龍仔佮平常時仔仝款，準時對毋知啥物所在下班，倒轉來伊ê別庄，拄才倒落去欲歇睏。無張持，看著一个查某人騎一台 otobai，停佇便所幾步遠ê運河邊仔。

頭起先，彼个查某人坐佇埠岸ê圍欄邊，親像咧哭ê款；紲落去，

起來行過來行過去,毋知咧想啥;落尾,hiông-hiông 規个人蹈上圍欄頂……

烏龍仔看著無對同,趕緊 giauh 起來,傱來到查某人 ê 尻川後,出手共伊搝落來,二人做伙摔佇塗跤兜,查某人大聲哀、大聲叫,烏龍仔一爿拖、一爿喝。

這个時陣,警察局 ê 巡邏車拄好經過公園邊,欲死毋死,落車 ê 警察仔,正正是彼个進前佮烏龍仔不時咧相觸 ê 警察。無予伊加講一句話,烏龍仔就 hông 手銬銬咧,押入去警察車內。

後來,經過查某人 ê 解釋,才知影因為佗兜 ê 查甫人長期揣無頭路、不時跋筊、啉酒,彼暝翁某二人,又閣逐工冤家、相拍,伊一時想袂開,才會欲去跳河自殺。

也就是講,烏龍仔是欲去救伊,毋是欲共 khap 伊啦。就按呢,真正有影是「烏龍弓桌」,舞弄規晡,烏龍仔才 hông 放轉來。

「恁爸若閣會鵰就好矣!夜巴黎彼寡幼 tsínn 仔,毋知欲予死佮濟 leh,遐無行情,我會去揣彼款老查某?幹!」bū 一喙薰,吐一口氣,烏龍仔愈想愈受氣,愈想愈怨嘆。

對起鵰 ê 豬哥變成救人 ê 英雄,烏龍仔 ê 人生全款無啥物改變,日子照常無啥物差別,嘛無聽過抑是有看著某物人對伊較友善。較好一點仔 ê 是,紲落來,有一段時間,七爺佮八爺,無閣來揣伊 ê 麻煩矣,毋過,命運猶是無欲放伊煞。

佮大多數 ê 所在全款，除了無厝通蹛 ê 流浪漢以外，公園猶有一種無路通去 ê 動物，就是流浪狗。

毋知是家己一人感覺無伴，抑是看人飼狗想著趣味，烏龍仔竟然嘛開始飼狗仔。彼是一隻本底就佇公園拋拋走，生做虎斑毛、烏喙桮，烏白透濫過 ê 土狗仔。伊 ê 頭前倒跤毋知按怎小可跛跛，烏龍仔就叫伊號做「跛跤 ê」。

跛跤 ê 有夠乖、有夠巧、有夠聽話。可能是長期佇外口流浪，對伊來講，這個便所邊，是伊上好 ê 厝；這個流浪漢，是伊上好 ê 主人。

烏龍仔出去四界趖 ê 時，伊就乖乖顧佇厝內面；烏龍仔轉來睏以後，伊就恬恬趴咧眠床跤；烏龍仔精神咧食薰、啉酒，伊就坐佇身軀邊吐舌、流瀾。烏龍仔嘛誠感心，三不五時仔就會 tsah 一寡好料轉來予伊食，跛跤 ê 本來瘦 kah 一隻攏是骨，這馬變 kah 規身肥 tsut-tsut。看個按呢「全船全命、同食同睏」，咱嘛替個感覺歡喜。

會記得是彼日是中元節前一工，天氣有夠翕、有夠熱。暗頭仔，我閣去公園行路，雖然已經是無日無頭矣，毋過全款猶是無風無搖。行未一輾咧，我就汗流汗滴，阿福仔嘛瀾滴瀾流，來到便所前，才拍算欲去水道仔洗一個頭面。

「你敢有看著跛……跛跤 ê？跛跤 ê 無……無 -- 去 - 矣！」烏龍仔看著我，青青狂狂 - 傱 - 過 - 來，講 kah 大喉大舌、欲哭欲滴。

原來,透早天猶未光,烏龍仔轉來 ê 時,無看著跛跤 ê,想講伊可能是出去風流 ê 款,無去共斟酌。等到欲過晝睏起來,猶是看無跛跤 ê 影跡。

伊開始著急,四界叫、沿路呼,規個公園,四箍輾轉、內內外外,對樹尾頂揣到草埔跤、對涵空內揣到水溝底,按怎揣都揣無跛跤 ê。

「我看,若毋是彼个矮仔里長,無就是彼箍賬跤警察,叫人來掠去 ê?我無來揣個算數那會甘願!」烏龍仔氣 phut-phut,家己按呢臆。

「你先勿著急啦!我才轉去騎車四界來揣看覓咧。」頭一擺看著烏龍仔這款,我會當了解伊 ê 心情,嘛驚伊閣再惹代誌,趕緊先共安慰。

「牽狗仔出來 nih?食飽未?」對便所邊仔,行到涼亭仔跤,曲痀仔阿婆坐佇內底,Lili 提葵傘咧共搧風。

「猶未啦!阿你食飽未?」

「你敢知影,『青番仔』彼隻跛跤狗仔,去予人掠去矣!」阿婆仔斡頭看一下仔便所 ê 方向,細聲共我講。

「Nái 按呢?是按怎?」我心內想,阿婆有影是這個公園 ê 園主,啥代誌伊攏比人較緊知影。

原來,前一工,烏龍仔出門了後,跛跤 ê 家己咧顧厝。無代

無誌,另外一隻流浪狗,來到伊 ê 地盤,二隻就按呢車拚起來,咬 kah 真厲害、叫 kah 誠大聲,散步經過 ê 民眾,有人去予驚著。曲痀仔阿婆就趕緊去報警。昨暗,市政府派人,趁烏龍仔拄出門、跛跤 ê 趴咧睏,一下仔就共掠去矣。

「毋成猴,無看家己啥款樣相,一箍人都食袂飽矣,也閣綴人咧飼狗!」曲痀仔阿婆又閣咧鄙相烏龍仔。

阿婆 ê 話,我無共應,總 -- 是,一个人一款命,逐个人攏有伊無仝 ê 看法,咱嘛真歹去了解別人想法。

我後來想想咧,猶是勿去共烏龍仔講較好,我驚伊會去惹代誌。是講,注該愛發生 ê,嘛是走袂去……

「駛個娘!我去問過彼箍矮仔里長佮眅跤警察,個攏講毋知影。按呢一定是環保局派人來共掠去 ê,等我明仔載去揣個算數,若予恁爸揣著,定著欲予個好看!」彼暗,烏龍仔無出門,伊規暝起酒痟,大聲誶幹譙。七爺、八爺接著通報,又閣趕到現場鎮壓。

隔轉工,天才拍殕仔光,我猶倒佇眠床頂伸勻咧。眠眠 ê 時,hiông-hiông 聽著救護車 ê 聲,對公園運河彼頭傳過來,我有一種無通好 ê 感覺……

我好玄出門探看覓,遠遠就看著公園運河邊仔停一台警察車佮一台救護車,二个警察、幾个民眾圍佇遐,有人講 kah 比手劃刀、有人講 kah 喙角全波。

個攏是蹛佇附近，較早出來運動散步ê里民。起頭先發覺，這個時陣，應該猶佇便所邊咧睏ê烏龍仔，那會無倒佇伊ê草蓆仔頂？紲落才看著，有人裼腹裼，浮佇運河裡，胸坎頂面彼尾龍，看起來是猶生真活掠，毋過早就袂振袂動矣。

　我行到位ê時，救護人員拄好共伊拎起來，囥佇帆布頂。這擺，伊恬恬倒佇遐，隨在人一句來、一句去，攏無閣大聲、攏袂閣相諍……

　代誌真緊就過去矣。

　因為，無明顯ê外傷佮嫌疑，無其他ê證件佮遺書；甚至，嘛無任何親情、朋友出面來報案、指認，嘛無半間報紙、電台繼續咧報導、追蹤。就親像淹死一隻無人問、無人知ê野狗仔仝款，根本無啥物特別ê意義。警方就用「意外失足落水」ê理由，簡單、快速結案。

　我咧想，毋管伊早前，是啥物款有勢有力、大腳ê角頭，抑是佗一位有頭有面、大尾ê鱸鰻，攏已經是過了時、去了代ê往事矣。這馬，伊不過是一个無名無姓、無依無倚，予世間放棄ê流浪漢、予社會袂記ê邊緣人。伊一箍溜溜、規身病疼，看著ê人，閃都袂赴矣，那有人會來算伊ê舊數、揣伊ê麻煩？

　當然，伊嘛無可能有古早彼个唐朝詩人ê天真浪漫，食飽傷閒，欲落去水裡撈月ê衝動；更加無可能有彼位楚國忠臣ê煩惱憂愁，

活了傷倦,想袂開跳江自殺ê悲情。

我想,伊若毋是,酒啉傷濟、臨時起酒痟,跍起佇柱仔頭漩尿,無細膩去予跋跋落;若無就是,天氣傷熱,半暝睏袂去,跳落去水內底洗浴,無張持煞來淹淹死⋯⋯

毋管按怎,咱這尾可能早前佇南北二路,拍翸走跳ê「烏龍仔」,終其尾仔,註定猶是,縛牢佇這位暗鬖ê牢籠,飛袂出去人生另外光明ê天地;守佇這窟無路ê死水,泅袂離開世間這個烏暗ê江湖。

無眠 ê 人

「12 點 05 分」林永成看一下亂鐘仔,翻身繼續想欲睏……

「12 點 50 分」林永成閣看一下仔亂鐘仔,翻身繼續想欲閣睏……

「1 點 10 分」林永成又閣再看一下仔亂鐘仔,翻身又閣繼續想欲睏……

「2 點 30 分」林永成目睭金金看天蓬,根本都睏攏袂落去!前工是 1 點 55 分;昨日是 2 點 10 分。伊倒佇眠床 ê 時間愈來愈久,看天蓬 ê 時間煞愈來愈長。林永成又閣看一下仔亂鐘仔,決定無愛閣繼續按呢倒咧矣,想欲出去外口行行、看看咧。

換一下衫褲,穿一雙鞋仔,無開電火,伊直接搓跤躡手行落去樓跤,來到門口,本底佇膨椅頂頭咧睏 ê 阿福仔,hiông-hiông 精神,跳落來一直搖尾,想欲綴伊出門。林永成共比一下手勢,意思是猶無欲系伊出去咧。阿福仔乖乖坐咧看伊開門出去,才閣跳去哩膨椅繼續睏。

「連狗都比咱較好睏、較好命!」伊心內嘆一口氣,關門做伊家己出去。

行出大門口,看規條巷路除了路燈佮蟲聲以外,其他 ê 攏烏暗

暗、恬啁啁。伊對東爿正幹來到巷仔口，本來想欲倒幹向北，往市政府 ê 方向到永華路，彼个所在路頭較大條、店面嘛加較濟，就算是三更半暝，比較起來猶是較鬧熱嘛較安全。毋過，伊閣想講幾工前，才對永華路頭到路尾踅一輾轉爾。

後來，伊決定唯正爿往南行去，行差不多五十公尺遠，就是社區 ê「馬雅各長青公園」。

這個公園生做略仔長株 ê 四角形，就親像學校 ê 運動埕全款，東西向比南北向較長一寡仔。伊 ê 東爿面是運河、西爿面是建平路、南爿面是一個老人照護中心、北爿面是規排起無偌久 ê 透天別莊。公園 ê 東北角入口 ê 所在，有一間公共便所；伊 ê 斜對面，也就是西南角出口 ê 所在，嘛有一間形體全款 ê 公共便所。

這個時陣，公園內底，恬靜恬靜，除了 hiông-hiông 有一寡離離落落 ê 鳥仔聲佮蟲吼叫以外，攏無半个人影。沿公園這爿面 ê 便所邊仔中央，彼條兩排路燈小可黯淡黯淡 ê 石枋路斜對角一直行過去到底，倒手爿就是另外一個便所，也就是另外一個出口，出去就是另外一條較大 ê 建平路。佮永華路比較起來，建平路 ê 空地仔加較濟、店面嘛相對較少，出入 ê 民眾嘛較少出入，尤其是半暝仔，看起來有淡薄仔稀微、稀微。

對建平路口行過斑馬線，附近就是一間 24 小時營業 ê 便利超商，超商閣繼續向南爿行差不多一百公尺，就來到另外一條嘛誠大條 ê 健康路；健康路閣再正幹一直行，量其約仔半點外鐘，就會先

來到古早號做三鯤鯓ê漁光島；猶有原名二鯤鯓砲台ê億載金城；億載金城閣再行一段路，就是原本予人叫做一鯤鯓抑是台窩灣ê安平矣！這條路因為是新開ê，又閣算是較郊區，路較好行，車嘛較少，比較起來加誠清幽、四序。

伊進前佇日時行過這條路幾仔擺矣，這遍，伊決定利用半暝閣行一擺看覓。伊慣勢先直接來到安平古堡，才閣踅翻頭，對億載金城、漁光島沿路倒轉來。

林永成一路來到安平古堡，路裡除了寡車，無看半个人影。現此時ê古堡，經過一工ê無閒吵鬧，四箍輾轉攏恬靜無聲。

講起來，這規片ê所在，攏是古早台江內海ê範圍。安平本底是七个浮佇台江內海邊仔沙埔地其中ê頭一个，漢人遠遠看著伊，就親像一隻浮佇海面ê海翁，就叫伊號做「一鯤鯓」，也就是一隻海翁的意思；平埔人稱呼伊叫「台窩灣」（Taiowan），意思就是「倚近大海ê所在」；1625年，荷蘭人佇這個所在起一座城，號做「熱蘭遮城」（Fort Zeelandia），毋過，在地人攏慣勢叫伊號做「台灣城」；因為荷蘭人ê頭毛是紅ê，所以又閣號做「紅毛城」。明朝永曆15年（1661年），鄭成功趕走荷蘭人，占領台灣，為欲紀念故鄉，才閣共這個所在改名號做「安平」，伊自頭到尾攏蹛佇這跡，所以嘛有人共伊叫做「王城」。

其實荷蘭時代留落來的熱蘭遮城，現此時干焦偆幾堵離離落落

ê城壁爾,這馬看著,彼個四箍輾轉用紅磚仔礱起來ê平台,是日本時代所起ê「海關長官宿舍」;猶有彼間懸懸徛佇頂頭,有紅厝瓦ê建築物,是日本人佇明治41年(1908),對原本來佇安平海關ê所在,遷徙過來ê燈塔。原本邊仔閣有倚一塊刻有「贈從五位濱田彌兵衛武勇之址」ê紀念碑,戰後,才閣共碑文改做「安平古堡」。所以到今,一般ê民眾,攏共這所在當做是荷蘭時代ê城牆,這嘛會使講是一個「美麗ê錯誤」。

　　四百冬來,一切攏變矣,佇這個無人ê暗暝,干焦月娘猶像早前仝款,炤著這片當初唯一留落ê孤單年老ê古城壁。伊停步落來,恬恬仔坐佇樹跤ê一條椅仔頂,目睭瞌瞌,那親像聽會著遠遠ê大海來回ê湧聲,猶有附近ê城內國姓爺無奈ê嘆氣。敢講,彼當時,伊嘛仝款佇這個暗暝,無眠咧感慨?

　　離開安平古堡,林永成行轉來「億載金城」。

　　以前,讀高中ê時陣,對安平古堡愛坐漁船仔才會當到億載金城;這馬,行大路就直接到矣。

　　「時間咧過真正有夠緊!」林永成心內想著誠感慨。

　　這個城ê本名其實號做「二鯤鯓砲台」,也就是第二隻海翁頂頭ê一個砲台。這個砲台是清朝同治年間,「牡丹社事件」發生ê時陣,清朝政府派沈葆楨擔任「欽差辦理台灣等處海防兼理各國事務大臣」,專工來到台灣,佇安平ê邊仔,也就是二鯤鯓這個重要

ê所在，聘請法國專家，仿西洋式三合土砲台，用來安放西洋大砲，準備固守海口，阻止日本侵略台灣所起 ê，這嘛是台灣近代第一座 ê 西洋式砲台。彼 ê 時陣，在地人普遍攏叫伊號做「安平大砲台」、「西洋大砲台」、抑是「二鯤鯓砲台」，另外，這幾門大砲是當初時上進步，由英國人阿姆斯壯所設計 ê 前膛大砲。是講，砲台完成 ê 時，已經是光緒 2 年矣。除了砲台以外，沈葆楨猶閣起造一座城牆，內門門額刻有伊所寫 ê「萬流砥柱」四字；外門額嘛刻著伊所題 ê「億載金城」四字，因為按呢，所以，後來 ê 民眾就慣勢稱呼伊號做「億載金城」。

　　日治時期，砲台沓沓仔損害歹去、變無路用。日俄戰爭期間，日本人共全部 ê 五門大砲佮八門小砲攏拆去利用。現此時咱看著 ê，攏是戰後閣再模仿、復健 ê。干焦彼座城牆猶原徛挺挺、坐在在，顯示伊當初時「萬流砥柱、億載金城」ê 氣勢佮精神。毋過，可能是因為規個景點，干焦偆一座空城佮幾支假砲以外，無啥物通好看 ê。普通時仔，冷冷清清，到假日才有較濟 ê 觀光客。

　　現此時，閣較冷清 ê 二鯤鯓砲台，就親像早就退休 ê 老兵，猶原固執掛著伊「億載金城」、「萬流砥柱」ê 標誌，展示伊往過 ê 勇敢佮威風。是講，敵人 ê 戰船真久無對大海 ê 方向過來擾亂矣，顛倒是好玄 ê 車輛，隨時佇遮侵門踏戶、出出入入。

　　離開億載金城，過一條橋就是本底號做三鯤鯓 ê 漁光島，佮億載金城倒反，勿講是假日抑是年節仔，就算是一般 ê 時陣，毋知佗位來 ê 外來客，共規个小庄頭契 kah、吵 kah 亂操操，毋知是咧好

玄啥物代？

早前，林永成三不五時攏會去迌行行、看看咧，規个漁光島就親像台南市區ê一个郊外ê草地所在。除了一條直直ê打馬膠路，西爿面仔是規大片用來擋風闌沙ê木麻黃，閣再過去，就是沙埔佮大海矣；東爿面仔是一寡細細間ê學校、機關、寺廟佮民家厝按呢爾。佮市內比較起來，確實是有較清幽、毋過嘛加誠落伍。這款所在，佇台灣真濟ê庄頭，攏嘛看會著欲全款ê景緻。伊一直想無那會 hiông-hiông 變 kah 跡奢颺？嘛因為按呢，伊後來就真少閣去佮人相挨契、鬥鬧熱矣。

這時陣，林永成家己一人徛佇路邊，看對彼片防風林ê所在去，猶看會著頭前天星閃閃爍爍咧相向，嘛聽會著對面海湧來來去去咧喝叫。伊佇迌徛規晡久，嘛想規晡久。伊 hông-hiông 感覺家己就親像一隻魚仔，佇這个古早，曠闊ê台江內海，孤單無眠，泅來泅去……

林永成行轉來超商頭前，已經三點外矣。竟然看著這个時陣，猶有二个少年家坐佇門口椅仔頂咧食薰、啉酒、開講，看起來精神攏誠好，毋知是到今猶未睏，抑是已經睏精神矣？伊在來真罕得跡爾暗，人猶佇外口，根本無了解社會實際ê情形。

伊一下衝動，行入去店內，買一包七星ê薰佮一个 laita，順紲閣買一罐海尼根，出來家己坐佇另外一桌。伊點一支薰，想起過去：

講著薰佮酒，林永成就感覺真好笑。自細漢伊會使講是唌薰煙、鼻酒味大漢 ê。

讀國小彼冬，伊 ê 老爸拄好當選村裡 ê 村長。彼个時陣，猶無像現此時遐爾進步，逐个所在攏有啥物村里辦公室抑是活動中心。伊兜客廳就是村辦公處，門口埕就是活動中心。日時猶無要緊，伊愛去學校讀冊，敢有人來出入伊嘛毋知影；暗時就費氣矣，一寡鄉親序大，厝邊頭尾，食飽了後，那親像約好勢仝款，一个、二个……差不多仝時陣，就準時來伊兜報到。客廳內底有 ê 人泡茶食薰、啉酒喝拳、拍納涼、話虎膦，一個月 30 日，準講伊 ê 老爸無佇厝內，人客照常來就來去就去；門口埕外有人咧聽 lajio、拍拳頭、踏跤步、練宋江，一年冬 365 工。除了風颱大雨以外，就算二九暝嘛無歇睏。

嘛因為按呢，自細漢個兜厝內客廳，隨時都有規條 ê 長壽 ê 佮幾仔罐茶米佮麥仔酒。一起頭，伊是無奈何，不時愛去唌人 ê 薰煙羶、鼻人 ê 燒酒味佮茶米芳；等伊較大漢了後，伊有時陣會趁無人 ê 時陣，偷提一包薰抑是偷挌一罐酒，佮同窗 ê 好朋友大頭仔去覗佇劉家 ê 鬼厝內底。

這個所在是個二人 ê 秘密基地。一般 ê 人經過，根本都攏亍工閃 kah 離離，除了個，無別人會行跤到。這間日本時代流落來 ê 西洋厝，其實起了真大間嘛真氣派，四箍輾轉，猶閣有規大片 ê 花園，花草、樹仔圍起來，會使講是伊彼陣所看過，上介大間嘛上介氣派 ê 一間厝，毋知是按怎，那會放 kah 予伊按呢規間厝身頭尾破爛爛、規个埕斗草仔發 kah 四界茂 sà-sà？一直等到伊大漢，去外地讀冊

了後，經過一段時間，伊才知影這間厝原來是個查某營第一 ê 好額人，嘛是全台灣第一個留德 ê 哲學博士劉明電 ê 別莊。後來因為政治上 ê 原因，去予國民政府沒收查封去矣。莫怪無人敢倚近，講伊是鬼厝。是講，搪彼箍啥物攏毋驚 ê 大頭仔，拄好是伊上合意 ê 地點，除了伊，大頭仔毋捌𤆬別人來過。

一開始，個一人一支薰，伊干焦唻一喙就去予噲一个，彼款苦苦澀澀 ê 滋味予伊嗽攏袂停，實在是有夠艱苦；紲落換唪一喙燒酒，伊全款一落喉就強欲吐出來，彼款刺刺薟薟 ê 感覺，有影是真正無通好。顛倒是大頭仔，一支薰唻 kah 偆一塊薰頭；一喙酒唪 kah 焦焦，看伊攏無皺一下目、喘一口氣。

「這薰跡爾歹食，酒遐邇歹唪，你那會攏無感覺？」林永成想著誠奇怪，開喙問大頭仔。

「慣勢就好矣啦！」大頭仔無要無緊，按呢共伊應。

原來大頭仔 ê 老爸逐工薰無離手、酒無過暝，伊有時陣嘛感覺好玄，就偷偷仔共提來試看覓，一起頭嘛是袂慣勢，幾擺仔過後就無感覺矣。是講，大頭仔本來攏是家己一个人，一直到個二人變做好朋友了後，大頭仔才共這項代誌講出來。

「原來這箍大頭仔，真正是烏矸仔貯豆油呢！」伊心內按呢想。

「薰、酒這二種物件攏毋是啥款好物，久久仔心識、趣味一下就好矣，千萬毋通食牢咧！」大頭仔袂輸老江湖全一款，正正經經

共伊吩咐。

「是講既然這擺毋是好物、又閣歹食,那會有跡濟人遐爾興?」伊想袂曉,勿講別位,干焦逐暗去佇個兜話仙ê人,差不多每一人,若毋是咧食薰無就是啉燒酒?

「以後無定著你就會知影,是講,猶是勿去沐著有較好啦!」大頭仔略仔神秘,按呢共林永成回答。

會記得讀高中ê時陣,有一擺放假,林永成對宿舍轉來厝裡。囚為心情無通好,伊就佇客廳提一支薰入去房間食。睞猶袂一半ê時,伊ê老爸毋知是按怎,無聲無息,hiông-hiông拍開伊ê門,看著伊拄好蹺跤咧食薰。伊ê老爸小可愣一下,無講半句話,門關咧就離開矣

大學聯考放榜了後彼段時間,林永成一直踮佇厝裡等欲去學校報到。有一工伊坐佇客廳咧看電視,伊ê老爸拄好對外口入來,先家己點一支薰,才閣提一支予伊。

「我無咧食薰啦!」伊幌頭,無伸手去提。

「啊你進前毋是有咧食?」伊ê老爸感覺奇怪。

「無啦!彼ê時陣是無聊,提一支咧食心酸ê爾啦!」伊這時hiông-hiông想起早前ê代誌,原來彼工,伊ê老爸掠準彼當時!伊佇外地稅厝、讀冊,已經有咧食薰矣,伊心內想著感覺淡薄仔好笑。

「傷少年就食薰,確實毋好啦!是講,你這馬考牢大學,已經

算是大人矣,欲食薰,無要緊啦!」伊ê老爸閣共薰抺予伊,伊頓蹬一下,就共薰接過來。這是伊爸囝頭一擺,嘛是唯一ê一擺,做伙食薰,彼工,林永成算請著正式ê薰牌,伊永遠會記得。

　　一直到今,伊有時陣猶會食薰、啉酒,伊對這二項代誌在來攏無排斥,毋過,攏無真正食牢咧。通常攏是佮朋友鬥陣ê時,食一个趣味ê;抑是家己一个人ê時,hiông-hiông 想著,食一款ê心情,就像今暗仝款,離伊頂一擺食薰、啉酒,差不多是半冬前ê代誌矣。

　　當等林永成一爿咧食薰啉酒、一爿咧沉思感慨ê時陣,伊無張持才發覺毋知當時,伊坐位桌仔ê對面竟然有一个人徛佇遐,伊驚一趒,斟酌共看,原來是「無毛ê」。

　　「無毛ê」是林永成私底下共號ê,其實林永成嘛毋知伊ê本名。毋知是按怎?伊規个光溜溜,連一支頭毛都攏無,所以林永成就叫伊「無毛ê」。

　　「你那會佇遮?」林永成感覺奇怪,三更半暝,這箍人那會無咧睏,走來佇伊ê面頭前,敢講佮伊仝款,睏袂去?

　　「無毛ê」應該嘛是一个流浪漢。伊差不多3個外月前,才出現佇這个所在。日時,伊四界去抾回收物,真罕得看著伊ê人。暗時,才來佇來公園另外這頭便所ê簾簷跤過暝。

　　自從一冬外前,本底蹛佇公園東北角入口,彼間便所簾簷跤ê流浪漢「烏龍仔」,發生淹死佇運河ê命案了後,區公所佮派出所

就加強巡邏、取締，無欲閣予任何 ê 遊民抑是街友來彼个所在蹛。

有可能是伊根本毋知影進前彼間便所發生過 ê 代誌，嘛有可能是拄仔好運氣、運氣，伊一來就選擇來蹛佇西南爿 ê 這間便所。一來，這個所在本來就較無人佇遮出入；二來，無毛 ê 較低調，伊除了有時陣家己一个人，透早恬恬仔咧食一、二支仔薰了後，就離開便所，出外去抾字紙空罐仔佮一寡歹銅仔舊錫，一直到天暗矣，才閣再倒轉來，一轉來，極加閣再食一、二支仔薰，就恬恬去睏矣。毋捌看伊咧起酒痟抑是唱哭調仔去吵著附近 ê 民眾。應該是因為按呢，就無人會去反應、投書，區公所抑是派出所就 tènn 毋知，隨在伊去矣。

干焦有一擺，毋知是按怎，無毛 ê 竟然共便所到佮老人照護中心 ê 牆仔，差不多三米闊六米長 ê 彼塊平時草仔攏發 kah 長長 ê 空地 ê，掘掘予好勢，整理成做三壟菜股，閣搭一个簡單 ê 竹棚仔，一壟種菜豆仔、一壟栽柑仔蜜，猶有一壟 tiām 胃豆。你看伊生做按呢無毛無禿、瘖猴瘖猴，想袂到跤手遐爾流利，過無偌久，逐項攏生 kah 青 lang-lang、發 kah 婧 tang-tang。

想袂到，有一工欲暗仔，伊對外口轉來 ê 時陣，看著規个菜股攏予人勼 kah 平坦坦。本來攏已經發出來 ê 幼果，無偌久就會當收成 ê 菜豆仔、柑仔蜜佮胃豆，規个攏蔫蔫、死死，倒佇土跤……

無毛 ê 看著按呢，無出聲嘛無講話，干焦恬恬坐佇便所 ê 簾簷跤，一支薰喀了閣一支，目箍小可仔紅紅爾。

後來聽講，是因為伊「非法占用公有地」ê理由，去予區公所派人來共棚仔拆拆去、菜股掘掘起來。

「佔用公有地，當然是違法ê，是講，彼个偏僻ê所在，平常時就罕得有人行跤到，閣再加上長期攏放伊咧發草，啥物時陣，公所變kah遐爾仔有效率？」伊一爿看無毛ê散掖掖ê菜股；一爿看公園四界倒ê倒、焦ê焦，一直無人咧關心ê樹仔，心內按呢想，毋知欲講啥。

「……」無毛ê喙仔小可笑笑，無講話。先共伊ê手，指向桌仔頂，才閣勾轉來，共指頭仔捏咧，大頭母抑二、三下。

「你欲愛laita？」林永成巧巧人，一看著無毛ê手ê姿勢，閣看著伊另外一隻手提二截薰頭，林永成即時臆著，無毛ê是欲共伊借laita，伊伸手共laita提予無毛ê。這個時陣，林永成無張持去看著無毛ê規個手舊ê、新ê攏是傷痕，猶有，伊ê指指減一截，毋知是先天生成ê抑是後來斷去ê，才一下仔ê時間爾，林永成無加問，無毛ê嘛無講話，就親像雙方攏毋知影仝款。

無毛ê一下仔就共薰頭點燃，大力咂一喙，才閣沓沓共煙吐出來，看起來足爽快ê款，是講，才喙無二个就喙袂落去矣，趕緊閣換另外一截，仝款一、二喙就喙無矣。

「坐啦！」伊提一支薰予無毛ê，這個時陣，林永成注意著拄才彼二个少年家，毋知當時，已經離開矣。無毛ê ê薰頭，應該是

共佮拑來ê。

「……」無毛ê共椅仔拖出來,坐佇林永成ê對面,全款喙仔略仔笑笑,無講無話。伊一爿喙裡咧食薰,一爿目睭金金看,閣用手比對园佇林永成面頭前ê彼罐海尼根。

「你嘛欲啉?」林永成感覺有淡薄仔意外。自三個外月前,無毛ê蹛入來公園出口ê這間便所,個二人見過無幾擺面。有時是天猶閣真早,無毛ê猶未出門ê彼个時陣;有時是日頭才落海,無毛ê猶未去睏ê彼段罅縫,林永成牽狗仔經過,會看著伊一箍人戀神戀神坐佇便所ê,一直咧食薰,毋知咧想啥?所以林永成知影無毛ê會食薰;毋過,無看過伊有咧啉酒。

「……」無毛ê喙仔嘻嘻,頭仔頕頕,看起來誠歡喜ê款。

「歡迎光臨!」林永成跤徛起來,行入去店內,門口ê,櫃台本來小可咧度龜ê店員嘛綴咧講。

伊閣買一包七星ê,二罐海尼根,提去到櫃檯欲算數。彼个時陣,伊hiông-hiông想著,閣去提二个御飯糰佮二塊pháng。

「會枵無?這予你食!」林永成提一堆物件园佇桌仔頂。無毛ê無咧細膩,一手提燒酒,一手提飯丸。林永成一支薰猶未食了,無毛ê已經共所有ê物件攏piah kah空空矣,袂輸拄才對館仔內放出來ê全款。

「原來伊是腹肚枵睏袂去,無親像我是厚操煩袂睏得?」林永成一爿食薰,一爿看無毛ê咧食物件,心內想著有淡薄仔感慨。

「欲閣食無?」林永成看無毛 ê 共物件食了後,按呢問伊。

「……」無毛 ê 猶是喙仔嘻嘻,喙角留一粒飯粒仔,家己伸手共薰提過去、火點予燃,大力嗾一喙,才閣沓沓吐予出來,看起來確實有夠滿足 ê 款。

這個時陣,林永成 hiông-hiông 攑頭看向對面公園 ê 方向去,公園 ê 便所佮老人中心,一個是低低、細細間仔 ê 平跤厝仔;一個是懸懸、規大棟 ê 電梯大樓,中央,隔一堵牆仔。

老人照護中心,其實有一個真好聽 ê 名號做「悠活慈園」聽講是用公辦民營 ê 方式由市政府出地、起厝、收租,委託予私人企業來服務、經營、趁錢,按呢雙方攏有好處。

蹛入去佇內底 ê 老人,大部分 ê 攏是因為身苦病疼,厝裡 ê 人無法度照顧,送來予這款專門 ê 單位來替個服務;嘛有一寡是因為家屬無時間陪伴,日時送來遮,暗時才閣接轉去 ê 人。

普通時仔,若是寒人欲倚晝,有出一寡日頭花仔 ê 間縫;抑是熱天欲暗仔,日頭欲落海進前較秋清 ê 時陣,攏會看著幾個外籍看護共個照顧 ê 老人,用輪椅揀來伊邊仔 ê 這個公園。外籍看護,有 ê 手提手機仔,大聲溢喉、精神十足,講一寡你聽攏無 ê 話。無就是三、四个人聚做伙,講 kah 歡頭喜面、喙笑目笑。坐佇輪椅 ê 老人,有 ê 身軀歪歪、頭殼頕頕;有 ê 目睭瞌瞌、喙仔開開;無攬無拈、無要無意,這個時陣,你若看著,無定著會懷疑,人生到底有啥物意義?性命到底有啥物價值?

干焦有一擺,眾人又閣來會合矣。其中一個應該是新來 ê 查甫人,以前毋捌出現過。看起來量其約仔才五十出頭歲,人生做高長大漢、粗勇有力 ê 款。毋知是因為中風、車禍抑是啥物原因,那會佮其他 ê 病人仝款,坐佇輪椅頂頭,咧予人捒?

當外籍看護講手機仔 ê 照常講伊 ê 手機仔、做伙開講 ê 照常歡頭喜面、喙笑目笑;當坐輪椅 ê 仝款身軀歪歪、頭殼頕頕;仝款目睭瞌瞌、喙仔開開;無攬無拈、無要無意。Hiông-hiông,彼個新來 ê 中年人,感覺伊出力想欲徛起來,毋過,無論按怎出力就是徛袂起來。這個時陣,伊先開始大聲咒幹譙譴、怨天恨地;怪爸母、罵社會⋯⋯紲落去,一直拚命哀、拚命叫⋯⋯

這個時陣,彼寡本來歡頭喜面、喙笑目笑 ê 看護,逐个攏驚kah 恬喌喌;顛倒是,彼幾个頭殼頕頕、目睭瞌瞌 ê 病人,全部攏精神過來。

經過誠久 ê 一段時間,彼款 ê 動作佮聲音,拄好對遐經過 ê 林永成,到今猶記 kah 清清楚楚、想著跤冷手冷。彼擺事件了後,個彼團人就毋捌閣再出現佇公園矣!

現此時,這二個所在,攏無聲無說、恬靜恬靜。不而過,便所 ê 厝跤,因為腹肚枵、睏袂去,三更半暝,猶出來佇超商外口咧掀糞掃桶、抾薰頭尾仔食。這馬,伊人坐佇林永成 ê 面頭前,物件食飽飽、薰嘛哫過癮,看起來無憂無愁、無煩無惱,人生非常 ê 滿足

佮快樂！顛倒是大樓內底 ê 人客，Tsiáng 時咧？有房間蹛、有膨床睏、有物件食、有冷氣吹……

毋過，有人予病糾纏、有人予疼折磨、猶有人佮孤單寂寞做伴，個敢有快樂？敢會滿足？個敢有法度選擇？假使若是干焦有這二種世界，伊欲選擇佗一個？這个時陣，林永成 hiông-hiông 想著伊誠早以前看過，一篇予伊印象足深，號做《楢山節考》ê 日本小說：佇彼个艱苦 ê 古早時代，一寡蹛佇散赤 ê 山內部落 ê 百姓，無論啥物人，毋管啥物情形，只要是活到七十歲，厝裡 ê 家屬，就愛共伊偝去深山林內，放生、等死，按呢才有法度減少糧食 ê 浪費，減輕經濟 ê 負擔，予庄內其他少年 ê 人，有較濟 ê 機會，會當繼續活落去。

「若講提早棄養是孤不二衷，按呢過度照顧敢有必要？以後，家己愛面對啥物款 ê 年老佮死亡？」林永成無張無持想著這項代誌。

林永成看 kah 戀戀、想 kah 神神，欲閣提一支薰 ê 時，才發覺薰篋仔，毋知當時，已經空空矣。伊看坐佇對面 ê 無毛 ê，又閣是喙仔嘻嘻、面仔笑笑，看起來精神猶真好。

林永成想欲閣入去超商買一包薰，徛起來 ê 時，才閣發覺東爿面仔已經有淡薄仔拍殕仔光矣。想袂到時間過得遐爾緊，感覺才坐無偌久爾，已經過去欲二點鐘矣。

「歡迎光臨！」店員閣去予叫精神。林永成買一包薰出來，家己先抽一支，才閣提一支予無毛 ê。

林永成一下食薰，一下看向公園 ê 所在去。一寡穿白褲青衫 ê，開始對四箍輾轉行倚過去，有 ê 人咧掛布條仔、有 ê 人咧园物件，算算咧，差不多二十外人。紲落，一個查甫人徛佇上頭前，其他 ê 人分開徛佇伊 ê 對面，音樂 ê 聲音開始響起來，眾人攏綴頭前面 ê 彼个人，開始咧搖搖幌幌。

　　天漸漸光矣，伊共無毛 ê 揲一下手，拍算欲來走矣。無毛 ê 全款喙仔嘻嘻、面仔笑笑嘛共伊揲手。

　　這個時陣，伊 hiông-hiông 又閣想著，幹入去超商內底。

　　「歡迎光臨！」這擺店員嘛規个精神起來，等一下準備欲下班交接。

　　「後擺毋知當時才會閣佇這個時間、這款所再見面。雖然，規暗個二人，論真講起來，無互相講過 一句話，這嘛是算 種特別 ê 緣分，上無這寡物件，會當閣予伊推一頓仔飽。」林永成手裡提二包薰、二罐酒、二塊 pháng 佮二粒茶葉卵，規个攏交予無毛 ê，才翻頭來離開。無毛 ê 全款喙仔嘻嘻、面仔笑笑徛佇原來 ê 所在共伊揲手……

　　林永成沿路行沿路想，伊本底干焦是拍算利用這擺無眠 ê 半暝，欲去一鯤鯓、二鯤鯓、三鯤鯓踅一輾爾。結果，想袂到又閣佮一个無啥熟似、無咧講話 ê 生份人、流浪漢，做伙食幾仔支薰、啉幾仔罐酒，人生有影誠奇怪。

行過公園邊仔ê時，伊總算看清楚掛佇樹仔跤ê彼塊紅布白字，頂頭寫ê是「李承忠博士生物能醫學氣功運動」幾个字。徛佇台仔頂咧耗頭ê彼个人，伊感覺面熟面熟；猶有，台仔跤十外ê人內底；嘛有二、三个伊有熟似ê人，其中一个閣一爿咧練功，一爿咧共撋手。這个時陣，拄好練到十七法ê第8法「蛹動聚能法」。眾人ê規身軀，親像一尾蟲按呢扭過來搖過去……

　　伊本底想欲停落來，綴人做伙練一下功。毋過，想著伊規暝毋但攏無睏，閣唊幾仔支薰、啉一二罐酒，按呢練彼敢有路用？

　　伊想想咧，猶是帶著無眠ê心情，拖著沉重ê跤步，沓沓仔行對厝裡ê方向去。

無面 ê 人

　　對林永成徛家 ê 巷仔路大門口向東正幹,就會來到另外一條較大條 ê 街路,二條路相交接成做一个十字路。路口 ê 正手爿往南一直行差不多五十公尺,就是社區 ê 公園;倒手爿往北量其約仔十外分鐘就會到正對市政府大樓 ê 永華路。十字路口 ê 斜對面東北角,是一个籃球場佮一个法國式 ê 輾球場,透早佮暗時,尤其是歇假抑是年節,不時攏有一寡學生囡仔佮社會人士佇遐咧拍球;十字路口東南角 ê 斜對面是另外一个永華公園,講伊公園是較好聽啦!其實伊生做離離落落、歪膏抑斜,量其約仔大概二、三百坪彼个跤兜,應該是市區重劃了後,所留落來 ê 零散地。是講就算是這款看起來無啥利用價值 ê 空地仔、佇市內嘛是貴 kah 予你袂摸咧,那會當放咧予拋荒、發草。市政府嘛誠有心,共伊整理、規劃 kah 不只仔好勢。

　　市政府一方面佇公園 ê 南爿面仔共壘土沖懸,頂頭毋但起一个木造 ê 八角形 ê 涼亭仔,內面閣囥一塊石頭桌仔佮四條椅仔,予人會當佇遐歇睏、歇蔭、泡茶開講。另外,佇涼亭仔 ê 斜對面倚北爿面運河邊仔 ê 地勢較低 ê 凹地,種一欉足大欉 ê 烏枋樹,樹仔跤囥幾塊石頭,四箍輾轉攏栽藍仔花。這个所在,因為一爿倚運河,無法度出入,干焦佇附近 ê 邊仔開一條細細仔 ê 紅磚仔路欲予人行爾,照理講,彼个所在專工用藍仔花做籬笆共圍起來,就是無欲予咱人

入去內底 ê。所以比較起來，這跡加誠黯糝，罕得有人對遮經過，更加勿講有人會專工行入去內底，會使講是另外一個無仝款 ê 世界。這二個所在，中央有一條彎彎曲曲 ê 細條紅磚仔路相連，這條路嘛是這個公園內底主要 ê 一條通路。公園其他 ê 所在，公所嘛有派人鋪一寡草埔、種一寡樹仔，所以細罔細，規个看起來猶算誠清幽、四序。

平常時仔早起，林永成攏會牽伊 ê 狗仔阿福仔出去散步。伊通常攏是來到巷仔口正幹，一路行到面積較大 ê 社區公園。跮一輾了後才閣原路行倒轉來。

毋過，有時陣，伊 ê 阿福仔會堅持欲先行入去永華公園跮跮、巡巡咧，才閣去社區公園，轉來 ê 時嘛仝款。

彼工，阿福仔就是按呢，無欲行大路直接去公園，堅持欲先幹去這個小公園仔。林永成無伊 ê 法度，就隨在伊去矣。

經過烏枋樹跤邊仔細條磚仔路 ê 時，阿福仔 hiông-hiông 停落來，向烏枋樹 ê 方向一直鼻、一直鼻，紲落，閣吠幾仔聲。因為樹仔所在 ê 地勢本底就較低，四箍輾轉又閣予生 kah 懸懸 ê 藍仔花規个圍起來，林永成看袂著樹仔跤 ê 情形，嘛毋知影阿福仔到底是咧鼻啥物、吠啥貨。等伊共狗仔牽離開到較懸 ê 所在，林永成才看著樹仔跤 ê 石頭頂面坐一个查某人。

彼个人生做矮矮、肥肥，頭毛長長、頭殼頕頕。穿一領烏色 ê 牛仔褲佮一領殕色 ê 短裯仔，因為伊一手提手機仔一直無閒咧擛、

一手挾一支薰一直無停咧唉。林永成一時感覺好玄，停佇遐等，想欲看伊是生做啥物款，那會　透早就來睨佇這个小公園仔咧安手機仔，尤其是食遐爾大 ê 薰。等欲十分鐘有，伊竟然維持完全仝款 ê 姿勢佮動作，頭嘛攏無攑起來，干焦繼續一手咧攑手機仔、一手一直咧唉薰。因為阿福仔一直扭欲向前行，林永成無法度，只好放棄，牽伊做伙離開。

紅磚仔路繼續向前行到尾仔，就是公園地勢上懸 ê 涼亭仔，這个所在加誠開闊嘛加足鬧熱，除了透風落雨以外，差不多逐工透早佮下晡，攏有民眾來佇。

有人佇涼亭邊仔 ê 空地咧拍拳、練功；有人佇椅仔咧讀報紙、看風景；嘛有人佇涼亭仔內底咧泡茶、開講、奕棋子……

林永成來到位 ê 時，已經有幾仔个老主顧先到位矣！包括對市政府工務局長退休 ê 陳桑、本底咧開當店現此時咧做阿舍 ê 張 ê，猶有二、三个不時圍坐佇涼亭仔內咧開講，林永成較無遐熟似 ê 人。

林永成先佮個相借問了後，毋知是按怎、又閣斡頭看對南片面運河邊仔彼欉烏桉樹 ê 方向去，對這个角度看過去，視線加誠完整，彼个查某人就坐佇樹仔跤 ê 石頭頂，全款頭䫌䫌，一手提手機仔一直咧攑、一手挾一支薰無停咧唉，姿勢、動作佮拄才完仝攏無變，假使若毋是伊面頭前 ê 薰煙咧浮動，無定著，你會掠準彼是一个石頭尪仔。

林永成閣再斡頭轉來看這幾个人。這三組 ê 人，差不多分做二派半，是按怎講？

　　陳桑應該是眾人內底上濟歲 ê，差不多七十有矣！伊人生做脹脹瘖瘖、斯文斯文。可能是因為伊佮林永成攏是公教人員退休 ê 關係，伊對林永成特別客氣。嘛較有話講。伊逐工早起攏來這個所在先拍一套太極拳，了後，才閣看一份報紙。林永成有特別共注意，伊看 ê 竟然是「自由時報」。陳桑見若看著林永成，就欲招伊做伙拍拳。林永成講伊袂曉半步，陳桑閣自動講欲免費教伊，真正有夠熱心。

　　另外一个老主顧是張 ê，伊看起來應該有六十出頭矣，人生做矮頓矮噸、粗勇粗勇，毋過一个肚食 kah 誠大 khian。聽講伊早前是佇國華街仔咧開當店兼做地下錢莊，後來閣繼承一寡五期重劃區 ê 祖公仔屎。這幾冬來較有歲矣，就共事業放予伊 ê 後生，搬來這個新市政府附近 ê 精華地點，買一間透天 ê 別莊，逐工咧納涼、享受。伊佮陳桑拄好倒反，家己傳一條撐椅固定园佇涼亭仔內底，逐工若毋是撐佇椅仔頂頭，提一支蘋果 ê 手機仔一爿咧聽「放浪人生」、「可憐戀花再會吧」、「行船人 ê 純情曲」……，一爿咧食薰；無就是家己咧哀「舊情綿綿」、「再會夜都市」、「溫泉鄉 ê 吉他」……，一爿咧啉酒。

　　張 ê 對林永成嘛算誠客氣，逐擺看著伊，攏會先大聲共相借問。紲落，就提一支薰抾過來。毋過，伊 ê 態度佮林桑比起來猶是無啥全款，伊見若共林永城講落去了後，就會開始欣羨伊那會當遐早就

退休啊？猶閣有十八％通好領，真正是有夠好空ê！伊ê話意共聽起來，就是有小可咧摳洗佮不滿。予人聽看起來，感覺無啥爽快。

另外，第三組ê人數上濟，有時二、三个，有時四、五个，年歲量其約仔對五十外到六十攏有，有人白頭鬃嘛有ê無頭毛。個逐工攏固定圍坐佇涼亭仔內底ê桌仔邊，桌頂囥一大堆頂頭攏是各種文字佮符號ê白紙，原來是個逐擺每人四界去收集來ê明牌。個眾人攏真認真、足無閒，互相咧討論、研究明牌頂頭，文字ê暗喻抑是符號ê象徵，無啥時間佮林永成講閒話。

張-ê個性應該是較江湖氣口，有一工陳桑拄好人無來，伊一看著林永成行過來，遠遠就共叫，先揀一支薰予伊。

「恁做老師袂穩呢，頭路誠穩定，上課閣涼涼矣，毋免佇外口佮人按呢日曝雨淋。早早就會當退休，退休金閣會當提去寄，領十八％ê利息，這个政府實在是對恁有夠好呢！」張ê一見面，又閣咧重講彼寡全款ê舊話題。

「無啦！那有遐好空，十八％誠久以前就自動取消矣！資深ê，猶閣有是無毋著啦！年資較淺ê，根本連一％嘛攏無。我教欲三十冬，嘛才小可一部分ê退休金會當提起寄十八％爾，毋是全部ê退休金攏會當提去寄呢！事實上加無佮濟錢啦！」林永成本底無想欲加厚話，後來猶是耐心共張ê解釋。

「是按呢喔？我掠準所有軍公教人員ê退休金，攏有十八％

通好領咧。是講，照你ê講法，像陳桑彼款年歲較濟ê。領ê十八％毋就較濟？按呢嘛是無公平！幹！一般人寄銀行ê利息才幾％？差遐濟，彼利息嘛是阮老百姓納ê稅金呢！」張ê聽了口氣小可有較放軟，毋過猶是無啥滿意。

「當然，十八％予人感覺起來，有影是無啥公平、合理啦！是講政府已經決定欲做『年金改革』矣，以後毋但逐人無十八％通好領，連原本ê退休金嘛會減少，無你想ê遐好空啦！」林永成繼續耐心共佢解釋。

「薪水佮退休金無算啥啦！零散ê爾，像陳桑做到工務局長彼款大官，靠烏西趁來ê比這量倍加足濟ê啦！」當林永成佮張ê咧開講ê時陣，本底坐佇涼亭仔內底ê白毛ê，無張無持行過來，hiông-hiông 插一句話入來。

「就是講毋！你無聽人咧講『做官若清廉、食飯就攪鹽。』尤其彼款舞工程ê，油湯特別濟。」涼亭仔內彼个金光ê嘛綴咧應話。

眾人暫時無咧白明牌、拆字數，開始咧討論軍公教人員貪污、食錢ê代誌，袂輸全國ê軍公教人員，無一个清氣ê，林永成雖然知影佢毋是咧講伊，毋過聽起來猶是感覺無公平。

「做軍公教人員是公平ê，逐家攏嘛有機會，只要你認真讀冊，通過考試，攏嘛有機會通好做。食錢ê情形我是毋知影啦！毋過，像阮這款做老師ê，講較歹聽咧，若食粉筆灰是逐工有啦，想欲食錢應該是無可能啦。」林永成有淡薄仔無歡喜。

「讀冊我是無半步啦!做二冬兵我就強欲起痟、逃兵矣,那有才調做遐濟冬ê職業軍人?是講,警察上膦蔓啦,逐不時就來敲油,逐隻攏嘛食kah肥tsut-tsut,干焦我以前就予個敲袂少去,幹!」張ê想著遮,hiông-hiông起性地。

「阮朋友以前咧做組仔頭,逐期攏嘛愛固定去烏西,對個爸母嘛無遐友孝。」金光ê聽著張ê話,即時起大聲話。

「來啦!來啦!講彼加嚥氣ê爾,無渻通好食啦,猶是緊來研究一下,家己著一支,較贏看別人啦。」涼亭仔內!另外一個矮矮瘖瘖ê老歲仔,開喙做一個結束。

對個互相ê話意,林永成聽會出來個這寡人ê立場,是較偏向張ê,私底下對陳桑印象嘛無通好。

陳桑ê個性可能有較孤僻,伊除了練伊ê氣功、看伊ê報紙以外,誠罕得看伊佮其他ê人講話,林永成算做是伊較有話講ê對象。有一擺,張ê彼工毋知是按怎人無出現,陳桑看著林永成,特別招伊去伊ê邊仔坐。

「彼箍張ê,不時咧摳洗咱公教人員,退休閣有十八%通好領,我逐擺攏聽kah足受氣ê。咱領十八%是政府歡喜甘願欲予咱ê,毋是咱去共政府佮人民搶來ê,伊若看袂過、有才調,嘛會當去考公務員抑是做老師啊!干焦會曉批評人、怨妒人!伊透世人開錢莊,收重利,逐工閒閒無代誌,就食kah油sėh-sėh、啉kah肥tsut-tsut矣!勿講十八%啦,一百八十%都有喔!」陳桑起頭是細細

聲仔咧講，毋過，講到遮伊就氣 phut-phut，伊應該早就知影，張 ê 佇尻川咧講伊 ê 閒仔話 ê 款。

「公園是咧予人運動、歇睏，清淨 ê 所在。伊不時若毋是咧食薰、啉酒，就是咧大聲聽歌、唱歌，實在是有夠無水準 ê！」陳桑愈講愈受氣，林永成聽著煞感覺有淡薄仔歹勢，因為伊進前嘛捌佮張 ê 做伙食過幾擺薰。

「是講真奇怪，既然個雙方面看對方攏無啥會順眼，那會差不多逐工攏來這個所在報到？是這個所在地勢較懸、風景較好？抑是互相無欲相讓、看啥人較有擋頭？」林永成心內想著誠奇怪。

離開涼亭仔，林永成 牽阿福仔去社區公園踅一輾，放屎尿了後，照早前 ê 習慣。伊攏會直接行大路，倒轉去厝裡。

彼工較無仝，伊牽阿福仔閣專工幹過去涼亭仔，本底佇遐拍納涼 ê 彼幾个人，攏已經離開矣。現場干焦偆伊一个人，伊閣仝款幹頭看，對彼欉烏枋樹 ê 方向去，彼个查某人竟然猶佇遐。竟然猶閣是頭頕頕，仝款是一手提手機仔一直咧撽、一手挾一支薰無停咧欶，姿勢、動作佮拄才完全攏無改變，真正親像是一个石頭尪仔仝一款！

林永成原本是拍算欲佇遐繼續等看覓，看伊這個查某人到底是何方人士？人生做啥物款？那會有彼款閒工，透早就來佇這個所在，按呢手機仔撽無停、薰嘛仝款食無歇？

是講，自林永成早起出門到今，已經超過一點外鐘久矣，伊佮阿福仔攏猶未食早頓，腹肚開始咧枵矣，尤其是阿福仔一直拖伊欲轉去，伊只好放棄，行離開涼亭仔。

隔工透早，林永成刁工提早出門，伊來到涼亭仔ê時。已經有三个老主顧先來到位矣。一个是陳桑、另外二个是白毛ê佮金光ê。陳桑已經開始咧拍拳矣，林永成先共揲一下手，才閣佮個二人相借問。

「林老師，今仔日有較早喔？」白毛ê先開喙問林永成。

「退休了，年歲加較有矣，後擺你就知影，佮阮仝款，會愈來愈早精神！」金光ê摸一下仔伊無毛ê光頭，一副老經驗ê扮式。

「無啦，等一下猶閣有代誌，所以先提早出來，才會赴去開會。」林永成歹勢講伊真正ê目的，清采編一个理由。

「飼狗就是按呢，早暗攏予縛牢咧，咱人會忍得，伊是袂等得，擋袂牢，屎尿就共你放 kah 規厝間，誠費氣！」金光ê對飼狗那像無啥合意ê款。

「無啦！按呢講你就外行ê，一般ê狗仔，你若有共教，伊會一直忍牢咧，袂去烏白放，這方面，牲牲就是比咱人較厲害ê所在啦！」白毛ê伸手摸阿福仔ê頭殼。

「你猶毋是狗，你那會知影伊佮勢忍？阿若像你講ê，伊規工攏忍牢咧，屎尿毋敢放，按呢欲按怎？膀胱毋就烚烚破！」金光ê聽白毛ê講了，感覺誠不服

「我以前就是有飼過狗,我那會毋知影?伊做牲牲就是有比咱人較厲害ê生存ê能力,當然,忍耐嘛有限度啦,袂當傷過頭。我以前飼ê彼隻,就是有幾擺無時間抑是袂記得共牽出去放尿,伊忍傷久,致使膀胱發炎,後來閣變腰子病,煞來死死去!落尾到今,我就無愛閣飼狗矣!」白毛仔閣共阿福仔ê頭殼摸摸咧

　　當白毛ê佮金光ê佇遐咧相諍ê時陣,林永成根本都攏無咧聽。因為伊一下來,就幹頭看對仝款ê方向去,伊毋但看著彼个查某人早就已經坐佇遐矣,閣佮昨昏伊看著情形完全仝款:伊ê人猶閣是頭頕頕,一手提手機仔一直咧據、一手挾一支薰無停咧咦,姿勢、動作連穿插攏無改變,真正親像是一个石頭尪仔仝一款!

　　「林老師!林老師!」有一工,林永成人猶未行到涼,就先聽著金光ê遠遠咧叫伊看起來誠歡喜ê款。

　　「是啥物大代誌?」林永成人才行到涼亭仔跤,彼粒金光頭就光iānn-iānn出現佇伊ê面頭前,閣緊出來共摸牢咧。

　　「我共你講,真正有準!」金光頭先捧一杯茶予林永成。

　　「我彼工,看著你牽阿福仔有無?我hiông-hiông一陣靈感。你一个人直直親像1,牽一條狗鍊仔長長嘛是1,狗鍊仔閣擊一隻狗仔就是9。這三項鬥起來分明就是119,我這期ê特仔尾就共簽119,真正去予我著著矣!」金光ê講kah歡喜but-but,喙角全波。

　　「來,阿福來,我明仔載才買好料ê予你食,你愛繼續共我明牌喔!」金光ê,跔落來摸阿福仔。

「嘿!閣有啊!隨講隨閣有矣!」這个時陣,阿福仔無張無持,共跤攑起來,佇金光ê跤邊放一泡尿。

「我看一下!我看覓一下!」聽著金光ê喝一聲,涼亭仔內白毛ê佮躼跤ê二人攏傱出來。

「這字看起來是2,這字可能嘛是2,這字應該是6!」金光ê跔佇土跤,看阿福仔放尿ê痕跡,斟酌咧研究。

「那是6?明明是9毋才著!中央這字我看是7,上尾這字絕對是3無毋著!」白毛ê跔佇金光ê對面,提出伊無仝ê意見。

「你顛倒頭看矣!愛對我這面看毋才著!」金光ê共白毛ê糾正。

「啥講ê?啥講愛對你彼面看?」白毛ê共金光ê揆臭。

「按呢好啦!無你簽你973,我簽我ê226,時到看啥人欲哭無目屎?」金光ê共白毛ê放刁。

「簽就簽,驚啥物?開牌我才請你食一頓腥臊ê!」白毛ê共金光ê嗆聲。

當個二人相諍kah無知人ê時,林永成不時看對樹仔跤石頭頂去,猶是無看著伊頭攑起來。

是講,相連紲幾仔工,林永成來到涼亭仔ê時陣,攏無聽著金光ê佮白毛ê二人ê聲說,干焦看個頭仔頕頕,繼續咧研究個ê明牌。

就按呢，一工、二工過去；一禮拜、二禮拜過去；一個月、二個月嘛過去矣，彼个人就親像一个石頭尪仔，全款因佇彼个全款ê所在。一直到有一擺，林永成對社區公園倒轉來涼亭仔ê時陣，竟然無看著彼个石頭尪仔。

林永成想著奇怪佮緊張，毋知是彼个人今仔日拄好無出來抑是已經倒轉去矣？伊一時好玄，決定行過去彼欉大樹跤共看覓。伊先共阿福仔ê索仔縛佇附近ê樹仔跤，家己一个人偷偷仔騙過藍仔花ê籬笆。伊一入去，hiônghiông去予現場ê情形驚一趒：規个塗跤攏是薰頭佮薰篋仔，一寡麥仔酒佮維士比ê空罐仔，另外李永平猶閣鼻著一陣略仔熟似ê怪味，親像是臭尿破味……

這个時陣，阿福仔 hiông-hiông 佇咧吠。林永成又閣驚一趒，想講是毋是有人來矣，青狂對籬笆閣再騙出來，狗仔牽咧趕緊離開。

隔轉工，林永成閣來到涼亭仔，伊第一个動作就是幹頭看對大樹跤去，佮進前全款，彼个石頭尪仔猶閣坐佇遐矣。

「我共講，我這支予你唻敢好，伊竟然無講半句話，一下仔就提過去矣！」這个時陣林永成才注意聽著張ê咧講話。

「幹！癩膏鬼，你彼支敢閣唻有感覺，提錢倩人，人嘛無愛！」金光ê聽袂落去，開喙共張仔拄臭。

「幹！你才糞掃人咧，我是咧講這支薰！這支薰啦！你烏白想對佗位去？莫怪規頭殼光溜溜，內底攏貯彼有ê無ê！」張ê聽著

金光ê拄伊，即時翻頭換伊閣共拄倒轉去。

「你無聽古早人咧講一句話：『查甫人三毋好，早酒、暗茶、老查某。』你不時按呢透早啉燒酒，膏纏老查某，早慢身體會出問題啦，我是好意共你提醒。」金光ê聽張ê口氣有淡薄仔無歡喜，趕緊換一個話題。

「奇怪，我聽著ê那會無全款？」

「是按怎無全款？」

「我所知影ê是講：『查甫人三項補，早酒、暗茶、老查某。』呢！」張ê又閣恢復伊似款綉爛ê樣相。

「欲補你家己去補，我無愛閣佮你練痟話矣！」金光ê聽張ê又閣咧，無想欲閣佮伊繼續纏綴落去。

「咱講一句較誇口ê話啦，我張ê別項無，就是錢有較濟啦，欲開，敢驚無查某，彼寡桃花鄉ê幼茈ê，見若看著我，逐家攏嘛喙笑目笑、頕頭翹尾，相挨相爭咧排隊啦！彼款路邊貨，我看會上目？我是食飽閒閒，無聊小可共消遣一下爾！」張ê看金光ê無想欲閣繼續佮伊話虎膦，嘛恢復正經矣。

林永成一開始無斟酌聽個二人咧講話，hiông-hiông揹無寮仔門，落尾仔才知影，原來張ê佮金光ê竟然是咧講烏枋樹跤彼个查某人ê代誌。大概ê情形是前一工早起，張ê經過大樹跤ê時陣，看著彼个查某人規包ê薰拄好攏食了矣，伊ê豬哥性夯起來，就刁工用話去共戲弄ê款。

伊本底想欲趁機會，問俱彼个石頭人到底是啥物款來歷。這个時陣，一个查某人騎一台 *otobai*，青青狂狂，直接衝過來到涼亭仔跤。車停猶袂好勢咧，規台倒落去塗跤，伊嘛無要意，做伊一直傱。

　　「你這籠夭壽短命死無人哭 ê 路旁屍，規年透冬，無欲討趁無顧家庭就準拄好矣！連我早無停、暝無歇，辛辛苦苦粒積落來 ê 一寡私 khia 錢、棺材本都偷提了了去簽啥物明牌，簽你一籠死人牌啦！恁祖媽無想欲閣活矣，伊嘛綴我來去死死咧好啦！」查某人直接衝入去涼亭仔內，一爿詈、一爿搝，共白毛 ê 拖出來涼亭仔外口。伊雖然生做毋是偌大漢，毋過體格粗勇有力。伊一手共白毛 ê ê 頭鬃搝咧，一手共白毛 ê ê 頷頸束咧，一路拖對運河 ê 方向去。白毛 ê 本底就瘦巴瘦巴 ê 身軀，完全無法度反抗，干焦會當喙裡哀哀叫，雙手伫空中幌咧幌咧，雙跤伫塗跤蹉咧蹉咧……

　　眾人 hiông-hiông 予這款場面驚著，一時攏愣伫遐毋知欲按怎？等回神轉來了後，才趕緊傱過去，有 ê 搝查某人 ê 身軀，有 ê 拖白毛 ê ê 雙跤，欲共個二个人分予開。

　　林永成手裡牽狗仔，伊拍算欲共索仔縛予好勢，過去鬥相共 ê 時，無張持，閣看對烏枋樹跤去？這時，彼个查某人 hiông-hiông 共頭攑起來。仝時陣，順紲嘛吐一大喙煙出來，規片 ê 茫霧，共伊規个面差不多攏遮牢咧。紲落，隨閣共頭頕落去。

　　林永成猶是看無清楚，伊 ê 人到底生做啥物款。

綴風飛去

How many roads must a man walk down Before you call him a man?
How many seas must a white dove sail Before she sleeps in the sand?
How many times must the cannon balls fly Before theyre foreven banned?
The answer, my friend, is blowining in the wind……

教師節彼工暗頓食了，林永成家己佇冊房裡，一爿聽巴布・狄倫（Bob Dylan）作詞・作曲ê歌〈Bblowining In The Wind〉；一爿想起今仔日早起，佇學校發生ê代誌。

教師節彼工，第一節下課，林永成對至善樓高一3班ê教室出來，手提學生送ê花佮卡片。照往過ê經驗，這個時陣，教師辦公室應該嘛是鬧熱滾滾，一大堆猶閣在學ê學生佮已經畢業ê校友，攏會利用這個機會，來揣家己ê老師，送一寡禮物、說一句多謝。

林永成一直袂慣勢這款型式ê場面，後一節無課，伊臨時決定，欲直接過去圖書館閱覽室看報紙。伊行出教室、行落樓梯，行對圖書館ê方向過去，遠遠看著頭前面，彼欉將近欲二百歲ê榕仔跤，

有一个查某囡仔坐佇倚條頂,親像咧等人。

「老師,你好!」林永成一下行倚近,查某囡仔 hiông-hiông 徛起來,對伊微微仔笑,閣共伊相借問。

「啊!你是?」查某囡仔看起來才二十出頭歲,應該是大學生 ê 模樣。林永成一時 gāng 去,想袂起來伊是啥人?掠準又閣是保險公司 ê 專員,抑是佗一間出版社 ê 業務。是講,𪜶通常攏會直接去辦公室相揣,那會返功夫佇半路咧等伊?林永成停佇伊 ê 面頭前,雖然感覺面路仔有淡薄仔熟似熟似,毋過伊有化過妝,所以猶是認袂出伊是啥人。

「老師!我是你以前教過 ê 學生啦,你敢會認得我?」查某囡仔看林永成無啥反應,想講應該是袂認得,開喙共伊問。

除了大學畢業彼年,佇國中實習一冬,捌教過查某學生以外,後來這 20 幾冬,林永成一直攏佇竹園高中這間查甫學校教冊,極加是有時仔,因為別个學校臨時有老師因為事假、病假、產假等等 ê 需要,去過別个學校共人代過課,毋過,彼時間攏短短仔爾。伊想無啥物時陣,有去教著這个查某囡仔?

「hânn?你是……」林永成想來想去,較想嘛想袂出伊是啥人。

「老師,我是……」查某囡仔看林永成一副揤無寮仔門 ê 款,攑頭倚近伊 ê 耳空邊,共伊講一句細聲話,林永成聽著驚一趒,喙仔開開,戇神戇神,查某囡驚伊跋倒,趕緊共扶去坐佇椅仔頂。

會記得是五冬前，高一新生訓練彼工透早，按照往例，高一所有ê導師佮各處室相關ê行政人員，先佇圖書館邊仔ê會議室召開行前會報。

「林老師，麻煩你今仔日活動了後，撥工來輔導室一逝，有代誌欲佮你討論，敢好？」負責高一新生輔導工課ê張老師，共林永成班裡學生ê基本資料袋仔提予伊，順紲拜託林永成，等伊新生訓練結束了後，去輔導室一逝，有重要ê代誌欲佮伊參詳。

「好，我知影。」林永成已經是學校資深ê教師矣，佇遮遐爾久ê經驗，伊知影，伊這班ê新生，應該是有情形較特別ê人佇內底。趁頂頭咧報告ê時，林永成共學生ê名單斟酌看一下，閣共逐个人ê基本資料小可翻一遍。竹園高中是南部出名ê明星高中，大多數ê學生品行攏袂有啥物大問題，小部分ê人可能會有家庭方面ê困擾、抑是個人ê身體有寡其他ê各樣。

資料內底，伊班上其他四十外ê同學攏無明顯ê啥物問題，干焦18號陳家豪有特別ê註記。林永成共伊ê資料對頭斟酌閣看一遍，伊ê老爸是銀行ê經理、老母是國小ê老師，下面猶有一个讀國中二年ê小妹，照理講，厝裡ê經濟應該袂穤、家庭ê生活嘛誠單純，按呢，會有啥物特別ê狀況？敢講是身體方面ê問題。

「恁佇原來ê學校，攏是成績足優秀ê學生，才有法度考入來咱這間第一志願ê學校。老師佇遮先共逐家恭喜，毋過嘛欲共恁提醒，雖然攏是各校ê高手，入來到遮，時到嘛是愛閣愈競爭分懸低，

這是足現實ê問題。希望各位攏會當比早前閣較自動學習、閣較認真讀冊，一起頭就有好ê開始，祝福逐家！」新生訓練頭一節課是導師ê時間，林永成先自我介紹；紲落，提醒眾人入學以後應該注意ê事項；落尾，伊就一個一個點名，順紲予同學互相熟似其他班上ê人。點到 18 號，林永成特別加共看一下，伊應一聲「有」，手攑起來ê時。毋但是林永成，全班ê人攏看對伊遐去。

四十五個新生內底，有ê䠅、有ê矮、有人肥、有人瘦，無論按怎，加減攏有彼種開始變鴨雄仔聲、轉大人樣ê查甫囡仔款。干焦伊，明顯佮別人無仝，毋但生做白 phau-phau、幼 mī-mī ，動作斯文幼秀、講話輕聲細說，若毋是伊穿ê彼軀制服，你無定會掠準伊是毋是走毋著所在？

「林老師，麻煩你喔。張老師已經佇二樓ê諮商室咧等你矣。」新生訓練結束，林永成對禮堂直接過去輔導室，一到位，輔導主任看著伊就緊共講。

林文成開門入去，除了張老師以外，猶有另外 1 個看來年歲佮伊差不多ê查某人坐佇遐，原來是陳家豪ê老母。

個三人坐落來了後，張老師共另外一份較完整ê資料提予林永成，包括陳家豪讀國中時陣，學校ê輔導資料佮醫生ê診斷證明。張老師一直認真共林永成說明伊ê狀況，家長有時嘛會插話，怨嘆家己ê困擾。

毋 - 捌 -- ê

「陳家豪佇國中開始有明顯ê『同性傾向』佮『性別認同』ê現象,經過輔導老師ê輔導、心理醫師ê諮商,猶有家長ê配合,伊目前ê情形算誠穩定。以後才拜託林老師多多共關心、照顧。若有任何問題,希望會當佮輔導室隨時保持聯絡。」張老師是負責高一心理輔導ê專責老師,少年有活力閣真認真,伊共新生陳家豪ê一寡過去ê輔導資料佮情況,共林永成做一個誠詳細ê說明。

「家豪讀國小ê時陣攏真正常,入去國中了後,應該是開始咧『轉大人』矣,毋過看伊毋但攏無變聲,體型佮動作顛倒愈來愈親像查某囡仔,阮感覺足奇怪,嘛真著驚,毋知是按怎,那會變按呢?伊家己一開始嘛感覺足無法度理解,後來老師佮醫生沓沓仔共分析、說明,伊才慢慢仔接受。」陳家豪ê老母接紲按呢講。

比林永成進前所臆ê較嚴重,陳家豪毋但有「同性戀」ê問題,閣有「性別認同」ê困擾。也就是講,雖然伊ê外表是查甫囡仔,是講,伊家己認為伊有查某囡仔ê內心,伊本來應該就是1个查某囡仔才對。

老實講,陳家豪雖然是林永成教冊二十外冬來頭一擺搪著,家己導師班ê學生,有同性戀行為佮性別認同困擾ê個案。是講,佇這進前,伊家己就有遇著這方面問題ê經驗矣!

師大畢業、實習結束,林永成先去做兵。伊佇政戰學校接受三个月ê預官基本教育訓練。結訓了後,伊hông分發到高雄衛武營區,

擔任少尉輔導長ê職務。伊ê單位是屬於新兵訓練中心，也就是負責一般義務役ê普通兵、大專兵ê基本訓練佮退伍兵ê教育召集。

新訓中心ê任務毋是偌爾無閒、粗重，毋過逐日ê工課猶是雜雜滴滴。體能訓練、戰技操練這部分，主要是連長掌管，下面有排長、班長等人分擔；文書處理、心理輔導這方面，全部就交予伊來負責。彼個時陣，基層連隊猶無電腦，無論名冊抄寫、資料建檔，步步攏愛靠手工，伊ê手下，才一名政戰士鬥相共爾。

這箍政戰士雖然嘛是大專生，伊是遠東工專機械科畢業ê，喙水真好、口才一流；毋過，伊ê中文程度實在無通好，寫字又閣親像咧畫符。因為連隊編制欠人，政戰士除了家己ê工課，閣愛不時去支援安全士官ê勤務，實在是做無啥代誌。這款情形，別ê連隊攏全款，需要對新兵內底揣一寡人，出公差、鬥跤手。

林永成先對這梯新兵家己寫ê自傳內底，選幾個文筆較流利、文字較正範ê人，交代值星官叫來予伊揀。做過兵ê人攏知影，出這款公差是一項足好空ê代誌，當別人佇日頭下操kah強欲做狗爬ê時，你毋但坐跂房間內咧吹電風，有時閣會當去福利社買一寡涼ê來孝孤。有這款機會，逐家攏嘛興phut-phut，想欲出公差。林永成佇幾个人選內底，最後決定揀黃文明。

黃文明是台南市人，東海大學中文系畢業。伊毋但人生做脹脹瘖瘖、斯斯文文、字寫kah四四正正、嫺嫺氣氣；又閣真好頭喙、誠好差教，交代伊ê任務，伊攏準時甚至提早完成，確實是一个誠

好ê助手。

「你是台南市人?我是台南縣,讀高中ê時陣,才去市內讀冊、稅厝,高中畢業了後就一直無閣去矣,台南府城是一個好所在喔。」黃文明出公差ê時陣,林永成若拄好無代誌,有時嘛會專工揣伊開講。高中畢業了後,去台北讀冊、來高雄做兵,台南伊就真罕得閣轉去矣。知影黃文明是台南人,伊就特別有1種無仝會ê心情,這可能嘛是會專工選伊ê原因。

林永成會問黃文明一寡台南ê代誌,後來較熟似了後,黃文明嘛會邀請林文成,看伊佗一工有閒,欲𤆬伊轉去台南行行、看看咧。

聽黃文明講個兜徛佇寶美樓後壁ê巷仔內,伊ê老爸本底佇臨安路開一間酒家,過身了後,交予伊ê老母顧店。伊是厝裡唯一ê查甫囡仔,除了伊以外,頂頭閣有幾仔个猶未嫁ê「阿姊」。聽伊解釋,才知影原來攏是個酒家以前ê小姐,因為各種ê原因,無處通去,就予伊ê老母收落來做「契查某囝」。

過一段時間,有一工拜六中畫,新兵放榮譽假,拄好林永成嘛輪著歇假,黃文明專工招伊做伙去台南迌迌。

個先去赤崁樓、大天后宮、祀典武廟、萬福庵彼箍圍仔踅踅咧;紲落,去石春臼食暗頓、閣去全美看電影;落尾,才閣去沙卡里巴食點心。二人迌迌到十點外,才倒轉去黃文明ê厝。

黃文明個兜徛佇西門路佮民族路口西南爿ê三角窗,以前日本

時代就足有名ê酒家--寶美樓邊仔，彼條舊名號做外關帝港ê巷仔內，一間四樓店面式，略仔舊舊ê透天厝。

「來坐啦！恁去迌迌kah遮晏才轉來喔？」黃文明佮林永成行入去客廳，內底才點1葩電火，看起來有小可仔黯淡ê感覺。一个差不多五、六十歲ê婦人人佮二个看起來三十外歲查某人坐佇膨椅咧看電視，其中一个咧食薰，一个咧食點心。看個入來，婦人人笑微微，徛起來，誠好頭喙共林永成相借問。

「這是阮阿母啦！這位是阮部隊ê輔導長啦！」黃文明前後共個二个人紹介。

「啉茶啦！食薰啦！」另外彼二个查某人嘛誠好禮，一个捀茶、一个提薰欲予林文成。

「這二个攏阮阿明ê阿姊啦！」婦人人共彼二个查某人紹介予林永成知影。

「恁好！恁好！誠歹勢，遮晏仔閣共恁攪擾！」林永成趕緊共個二人頕頭相借問。

「毋通按呢講啦！阮本底就攏慣勢晏睏矣。阮阿明講伊佇部隊予輔導長足照顧ê，誠感恩呢！」黃文明ê阿母感覺誠歡喜。

「無啦！無啥啦！文明伊家己嘛表現kah足好ê！」林永成聽婦人人遐客氣，嘛趕緊共伊ê後生呵咾一下。

「腹肚會枵袂？阿華，去款一寡物件予人客食。」黃文明ê老母吩咐其中一个查某人去傳宵夜。

「毋免啦！毋免啦！阮拄才佇沙卡里巴食俗足飽爾，今仔日已經食規工矣！」林永成聽講欲閣傳宵夜，趕緊共推辭。

「來台南別項無，就是食ê上濟啦，人罕得來矣，當然嘛愛食予飽！」黃文明ê老母，精神看起來誠好。

「啊咱輔導長是佗位ê人？」黃文明ê老母，毋知是對林永成有好感抑是誠好玄？紲落閣問林文成。

「我是台南縣人啦，毋過，以前高中是佇台南市內讀ê，對台南真有感情，所以，毋才會想講利用這擺歇假ê機會，轉來行行、看看咧。」林永成嘛感覺黃文明ê老母誠親切，伊就真客氣共伊回答。

「啊……你今暗欲蹛佗位？」黃文明ê老母 hiông-hiông 閣問一句話。

「……」林永成感覺奇怪，遮晏矣，伊無蹛遮，無欲蹛佗？敢講黃文明無先共伊ê老母講？

「好矣啦！明仔載猶閣有代誌咧，阮先來去睏矣！」猶袂等林文成回答，本底一直坐佇邊仔無講話ê黃文明，hiông-hiông 出聲，招林永成入去伊ê房間，結束這擺ê話題。

彼暗，林永成就蹛住黃文明個兜、佮伊睏仝張ê眠床。

林永成半暝仔睏 kah 眠眠ê時，那像感覺有人倚近伊ê身軀邊，雙手閣佇伊ê身軀頂挲來挲去。林永成一時無覺察，翻一下身閣繼

續睏。連鞭仔，彼个人又閣倚過來矣，雙手全款伸來佇伊 ê 身軀頂，摸伊重要 ê 所在。

這時，林永成一下驚精神，伊愈想愈無對同。慘矣！敢講這箍黃文明是「khann 仔」？

林永成本底想欲隨起來，毋過按呢可能愛佮黃文明拆破面、甚至起衝突，後果會變啥款呢？何況，隔壁猶閣有伊 ê 親人？

「敢講……」這個時陣，林永成 hiông-hiông 想著進前黃文明 ê 老母所講 ê 話，猶有黃文明 ê 反映。

林永成先保持鎮靜，假影閣翻一下身，跤頭趺對準準黃文明 ê 腹肚下，大力共捅--落，伊哀一聲，規個人閃對邊仔去矣。林永成翻身了後，假影閣繼續睏，其實伊規暝緊張 kah 勼佇壁角，連振動一下都毋敢。伊完全無想過，伊竟然會去搪著「同性戀」ê 人。這個 ê 時陣，林永成偷偷仔共睨一下黃文明，伊一箍人竟然褪 kah 光光光，林永成想著規個人起交懍恂、驚 kah 全身軀攏起雞母皮。好佳哉，可能有去傷著 ê 款，黃文明彼暝就攏毋敢閣倚過來矣。

天猶未光，林永成就緊起床矣。本底昨昏約好勢，隔轉工欲閣去安平古堡佮億載金城行行咧，伊清采編一個理由，講部隊臨時有重要 ê 代誌，叫伊愛趕緊轉去發落，伊無加講其他 ê 話就離開矣。

頭一擺知影「同性戀」這個名詞，應該是讀大學 ê 時代，林永成先看過作家白先勇出名 ê 小說《孽子》。後來，閣看過原著改編、

虞戡平導演，仝名ê電影。進前，伊完全毋知影有「同性戀」這款ê代誌。

小說ê內容真特別，到今伊猶對李青ê故事記kah誠清楚；電影ê演員，伊強欲袂記矣，干焦對孫越主演彼个老同志楊教頭ê角色，猶留落真深印象。

彼時，大三心理學課ê分組報告，林永成彼組抾好分配著佮同性戀相關ê主題。個組裡四个人，閣專工去到台北新公園，猶就是《孽子》內底，同志出入ê所在，做幾仔擺ê實地田調。因為其他三个組員攏是查某ê，林永成理所當然，負責做餌去釣魚。

真正有影，無論是佇涼亭仔內、大樹跤、抑是水池仔邊，只要是林永成單獨1人出現，毋免偌久，逐擺攏有收成，有少年ê、中年人甚至老歲仔倚--過-來欲揣伊講話。毋過，因為是實驗ê性質，干焦會當小可搵一下仔豆油爾，見若對方欲有進一步ê企圖，睨佇邊仔觀察ê查某同學就會趕緊現面、出聲，扮演做來佮伊約會ê女朋友。對方見若看著按呢，人就趕緊閃身、離開矣，當然無可能有較深入ê接觸佮了解。

到底彼只是小說ê故事、電影ê情節猶有教室ê理論，佮現實ê經驗全然無仝款。彼个時陣ê林永成，對「同性戀」確實只是想著趣味、好玄；猶有小可感覺奇怪、變態，完全無任何無爽快抑是看袂起ê心理。

想袂到，幾年後，伊竟然會去拄著這款真實ê代誌。何況，閣

是佇伊完全毋知影、無準備 ê 情形下。坦白講，伊彼時，一方面想著真驚惶、一方面感覺足受氣，甚至，有一款予人侮辱 ê 不滿佮怨恨……

「這个黃文明出公差傷久矣，恐驚會去影響結訓進前 ê 戰技測驗，希望以後無通閣再叫伊來出公差。猶有，因為伊早前出操 ê 機會傷少，交代班長愛利用中晝抑是暗時歇睏 ê 時間，特別加強伊 ê 訓練。」彼暗收假，轉去營區，林永成愈想愈受氣，特別共值星官叫來吩咐。當然，林永成按呢做，確實有一寡仔公報私仇 ê 情形。

「你無想欲做查甫人，我就操予你變一个正港 ê 查甫人。」林永成見若想著彼暗所發生 ê 代誌，伊就感覺足毋甘願……

彼段時間，黃文明確實過了誠艱苦。毋但正常訓練 ê 時陣去 hông 操，連其他歇睏 ê 時間嘛 hông 電。伊本底就較文身、幼秀，這聲操一下毋但烏閣瘖，強欲毋成人樣。

「報告輔導長，新兵黃文明有代誌，想欲共你⋯⋯講。」黃文明有幾仔擺，利用欲睏進前去便所抑是食飽了後洗碗箸彼段短短仔 ê 時間，想欲揣林永成講話，林永成逐擺攏刁工毋插伊；後來，伊閣寫幾仔張批予林永成，林永成連看嘛無共看，直接就共拆破，擲落去糞埽桶矣。

彼暝所發生 ê 代誌，林永成當然無可能共別人提起；黃文明 ê 怪癖，林永成嘛毋捌講予任何人知影；就算伊私人 ê 安全調查資料，

林永成嘛攏無寫著伊有啥物特別 ê 所在。彼時，林永成一心一意，干焦想欲共這項無爽快 ê 代誌放予袂記。

　　結訓進前，上尾一擺 ê 新兵面會，誠濟家長攏趁這個機會來看個 ê 後生，共規个營區契 kah 鬧熱滾滾。黃文明 ê 老母，佮仝款彼工林永成伨個兜看著 ê 彼二个阿姊，嘛同齊來連部看伊。當逐家攏做伙咧講話食物 ê 時陣，值星班長 hiông-hiông 走來連輔導長室捒門報告，共林永成講有人欲揣伊。

　　「輔導長你好，我是黃文明 ê 阿姊啦！進前有 1 擺，你捌去阮兜過暝，咱有見過面，毋知你敢猶閣有印象？」林永成叫班長㧮伊入來，原來是黃文明其中一个阿姊，也就是彼暗提薰請伊彼个，伊專工欲來揣林永成。

　　「會啦！會啦！我會記得，請坐啦！」才過無偌久爾，林永成當然會記得，特別是後來所發生 ê 代誌。

　　「文明進前欲入伍 ê 時，阮佮伊攏有淡薄仔煩惱，擔心伊 ê 身體傷芷底，個性較軟汫，袂堪得部隊 ê 操練。想袂到，頭擺來共面會，猶有後來放假轉去，伊攏歡頭喜面，講訓練誠輕鬆，長官嘛攏真好，尤其是輔導長對伊足關心、足照顧 ê，聽伊按呢講，阮嘛感覺足放心。」

　　「落尾，也就是你來阮兜過後無偌久，伊放假轉來厝裡，煞變 kah 攏無仝款，毋但規个人烏焦瘦，主要是規工攏覕伨厝內，無話

無句,阮臆會出來,定著是出代誌矣!」

「伊ê問題,阮以早就知影矣,嘛看過伊捌毛朋友轉來過,是講,阮誠實無想著,你毋知影伊ê情形。老實講,你來彼兜彼暗,我就感覺僥疑,你看 khài 無成……歹勢,害你按呢,對你足失禮啦!」

「伊做兵本底就是愛接受訓練,其實後來阮看伊身體變 kah 較粗勇、有肉,阮嘛足歡喜ê。是講,伊ê彼款問題,阮嘛足無奈……我今仔日來遮,是專工欲來共你會失禮ê。良心講,阮真正攏足感謝你ê,嘛希望輔導長會當諒解。」黃文明ê阿姊,確實是見過世面,伊自頭到尾,攏無重耽,共代誌講 kah 清清楚楚,嘛共林永成ê心結小可敢開。

後來,算講好運,黃文明總算度過班長ê特別操練佮部隊ê技能測驗,順利完成三個月新兵中心ê訓練。落尾彼幾工,伊看起來嘛無啥物各樣,結訓暗會,猶上台表演自彈、自唱。

抽圖ê時,黃文明籤運算袂,去抽著陸軍1616部隊,hông 分派去台南砲校繼續做兵。內行ê人攏知影,這是後勤單位,佇彼款所在做兵,會使講是食好做輕可,無像野戰部隊,逐工操 kah 強欲死。想袂到,落部隊猶未滿二個月,伊就利用徛衛兵ê時陣,攑銃自殺矣。根據軍方調查ê結果,伊是因為無法度適應部隊ê生活,一時想袂開,家己行短路。

毋過,後來根據林永成佇砲校擔任政戰官ê同學,偷偷仔共伊

講，黃文明一落部隊無偌久，佮伊仝單位ê人，有人就發覺伊是「同志」矣！毋但對伊㨂來手去，閣食好𨑨相報，老鳥食菜鳥，一寡人，不時利用三更半暝ê時陣抑是私下無人ê所在，食伊ê豆腐，閣四界放風聲，講伊是「公田」……伊袂堪得侮辱，忍袂牢，才自殺來抗議。

聽著這个消息，林永成感覺誠感慨嘛誠自責。身為黃文明進前ê頂司，尤其閣是伊ê輔導長，當初時知影伊ê問題，毋但無用正面ê態度去輔導伊、幫助伊，顛倒是用彼款負面ê方式去共修理、共排斥，雖然講落尾，代誌有解釋清楚，心結嘛有小可化解，黃文明嘛順利完成新兵訓練。毋過，伊後來ê遭遇，林永成猶是感覺伊嘛愛負一寡責任。

可能是過去彼段難忘ê經驗，閣再這幾冬來世面嘛加看較濟矣。當林永成知影，伊ê班裡有這款特殊學生ê時，伊毋但袂感覺麻煩，顛倒愈想講應該愛好好仔共伊關心。

「老師我有時感覺誠矛盾，雖然，一方面，我ê身體確實證明我是查甫ê；毋過，一方面我ê內心不時共我講是查某ê，我就親像有二个無仝ê身分透濫做一伙，想著足奇怪。」高一彼冬，林永成一直佮陳家豪保持真好ê互動。伊對陳家豪ê關心佮友善嘛得著陳家豪ê信任，伊有時會揣陳家豪開講，陳家豪有時嘛會共伊講一寡心內話。

「你閣少年，身體佮心理攏猶咧成長、改變，是毋是共重心先囥佇學業頂面，閣予家己加一寡時間去了解、去適應這款情形？」林永成一方面佮陳家豪ê家長猶有輔導室攏隨時保持密切ê聯繫；一方面林文成伊嘛共班裡ê同學私底下做君子ê約束，袂當對陳家豪有無應該ê言語佮行為。

　　這段時間，陳家豪佇學校應該是過了誠好勢。伊各方面ê表現攏算袂穤、佇班裡ê人緣嘛誠好，大多數ê同學，對伊佮人無全ê情形，嘛沓沓仔攏會接受、適應，同學閣共伊號一個無歹意ê外名，叫做「貴妃」，伊聽著嘛笑微微。

　　升去高二ê時，因為愛開始選組、重新分班，林永成無繼續陳家豪ê導師，毋過，猶是有擔任伊彼班ê科任老師。按照林永成ê觀察，伊ê表現，看來攏誠正常。

　　一直到高二下學期尾，相連紲幾仔工，伊攏無來上課，問同學，聽講伊人破病請假。林永成感覺僥疑，專工去揣伊ê導師，才知影猶是出代誌矣！

　　雖然講教育政策已經做調整、大學院校四界滿滿是，升學ê競爭猶是誠激烈，逐個人攏想欲考牢較好ê學校佮科系。就算是明星高中ê學生，大多數ê人，一放學，若毋是去揣家教班就是去趕補習班。

　　陳家豪嘛仝款，伊去佇市內1間名聲誠沖、名師濟濟ê補習班

補習，後來熟似一个別 ê 學校、籃球校隊 ê 朋友。有一暗，趁別人攏咧上課 ê 時陣，男朋友招伊出去樓頂約會，紲落，共伊侮辱！

「聽講陳家豪去 hông 食去矣，伊是 0 號，」補習班來來去去 ê 人，雖然攏是學生囡仔，毋過人種百百款、十喙九尻川，才無偌久爾，陳家豪去 hông 欺負 ê 消息就傳 kah 滿四界，hām 學校 ê 同學嘛真濟人知影。

本底陳家豪若無去補習，放學了後，伊攏會佮一寡同學仝款，留佇學校讀冊。補習班 ê 代誌發生了後，伊就毋敢閣去補習矣，毋過猶是會留佇學校。

「啊……」彼暗陳家豪佮平常時仔仝款，佇學校讀冊，讀到一半，伊去便所，煞一直無看伊轉來。同學感覺奇怪，相招去揣伊，看著伊倒佇便所後尾面烏暗 ê 壁邊，閣看著一个生份 ê 人影青狂走離開。同學趕緊去教官室共值班 ê 教官報告，教官趕到位 ê 時逐出去，彼个人已經毋知走對佗去矣。

事後，學校召開緊急輔導會議，一來，調攝影機 ê 畫面了後，確定對方應該是校外不明 ê 人士，二來，討論看欲按怎安搭同學 ê 情緒。上重要是，陳家豪事後輔導 ê 問題。

代誌發生了後規禮拜伊陳家豪一直請假無來學校，規工覕佇房間內，有一工，趁厝裡無人，竟然燒火炭欲自殺，好佳哉，伊 ê 老母做事誠細膩、平時有咧共注意，量早發覺，一條命及時救轉來。

歇熱過後，陳家豪才閣倒轉來上課。就親像去穢著肺炎 ê 病毒

全款,伊ê身軀頂無形中已經hông貼一个標頭。當然,私底下有ê同學嘛是會偷偷仔講伊ê閒話;是講,往好處想,嘛因為按呢,無人閣敢接近伊、欺負伊。佇導師耐心ê關懷,輔導老師佮特約駐校醫生專業ê看顧,教官佮訓導人員特別ê注意,猶有全班同學自我ê約束之下,伊總算平安完成高三課程、順利提著畢業證書。

「老師,你以前共我講加予家己一段時間去了解、適應我ê心情。這馬,三冬欲過去矣!逐擺,我若是共身軀褪光光,看鏡裡ê家己,我猶是袂慣勢,彼毋是我欲愛ê身軀,我感覺我猶是應該較適合做查某囡仔!」會記得畢業典禮彼工,伊閣專工提紀念冊來予林永成寫字、簽名,順紲閣共林永成講伊ê決定。

「老師,我欲滿二十歲矣,我想欲去做變性手術!」陳家豪共伊ê決定講予林永成知影,林永成看伊遐爾堅定ê態度,雖然猶是有淡薄仔意外、著驚,毋過嘛是無啥理由通共反對。

「我尊重你ê選擇,毋過你猶是愛佮父母好好溝通一下,上重要ê是,愛揣專業ê醫生,做詳細ê討論佮評估。」林永成對這方面完全是外行,毋過,伊嘛知影經過這幾冬所發生種種ê代誌,陳家豪這種決定,絕對毋是一時ê衝動,伊嘛干焦會當尊重佮祝福。

「這我知影啦!多謝老師。」陳家豪聽林永成按呢講感覺誠歡喜,按怎講,伊猶是希望有人會當支持伊,予伊一下倚靠。

大學聯考放榜，陳家豪順利考牢淡江大學外文系。一來，家己蹛佇台北，減少爸母佇身軀邊予伊 ê 壓力，二來伊已經成年，會當決定本身 ê 行為；佮再加上大學生男女交往 ê 情形佮高中生比起來，加誠自由、開放，伊決定欲做伊真正彼个家己，無想欲按呢繼續掩蓋家己 ê 身分、壓迫家己 ê 感情。

進前，伊就佮伊 ê 爸母講過幾仔擺伊 ê 想法，一起頭，當然是引起誠大 ê 衝突。後來，經過再三 ê 溝通，總算得著爸母 ê 諒解佮同意。另外，伊嘛通過醫生種種 ê 檢查佮評估。大二拄才歇熱，伊就去接受變性 ê 手術。

八个月後，伊用另外一款身分，專工來揣林永成，共林永成講伊這段時間 ê 經過佮心情。

「老師，我是貴妃啦！」查某囡仔攑頭倚近林永成 ê 耳空邊，共伊講一句細聲話，伊聽著驚一趒，喙仔開開，戇神戇神，查某囡驚伊跋倒，趕緊共扶去坐佇椅仔頂。

林永成一開始聽著查某囡仔講伊是「貴妃」，確實無張想去予驚一下。伊恬恬仔聽陳家豪講話，聽 kah 毋知人去，感覺才過一時仔爾，第三節 ê 鐘聲又閣響起，嘛提醒林永成愛轉去教室上課矣。

「老師，真多謝你，祝你教師節快樂！」陳家豪知影林永成無閒，順勢共老師相辭。伊欲離開 ê 時，對揹袋仔提一包物件，講欲送予林永成做禮物，原來，是一張卡片佮一塊「ＣＤ」。「ＣＤ」

是 Peter、Paul 佮 Mary 三人樂團 ê 精選輯，內底有一條原本是 Bob Dylan 創作、主唱，後來予個翻唱 ê 歌：〈Blowing in the wind〉。

這條歌，林永成以前上課 ê 時陣，捌放予學生聽過，共個講彼是伊讀大學 ê 時代，足合意 ê 一條歌。想袂到，幾冬過去矣，陳家豪猶會記得。

「老師！猶有，我這馬改名號做『陳佳瑩』喔！」陳家豪 hiông-hiông 閣斡頭共林永成揬手。

林永成看陳家豪，毋是，是看陳佳瑩慢慢仔行離開 ê 背影，伊就親像褪去長期束縛 ê 外殼、行出久年來隱藏佇內心 ê 一个新性命。

希望此去，伊會當用無全 ê 身分，勇敢去面對伊 ê 人生；用真正 ê 家己，順利去追求伊 ê 未來。

往事，就放予綴風飛去……

伊

　　論學問，伊 ê 腹肚內實在是無幾滴墨水；論才情，伊嘛無啥物真正 ê 能力；毋過，若講著運氣，伊有影是比別人較好運。

　　伊自細漢就袂愛、嘛袂曉讀冊，伊無親像一般 ê 學生，規規矩矩、正正經經過口了，頭殼內想 ê 攏是一寡奇奇怪怪、歪歪斜斜 ê 代誌。

　　國中畢業了後，伊本底是無想欲閣繼續讀冊矣，想欲綴伊 ê 老爸去做生理。伊對課本內底寫 ê 彼寡物件，根本都無興趣。後來，佇伊 ê 老爸強逼之下，才勉強去讀一間佇 N 市郊區 ê 私立高中。伊身材細漢、薄板、個性閉思、內向，目睭略仔挩窗、講話小可大舌，尤其是面皮生 kah 攏是疵仔子，同學閣共叫一个外號「芭樂」。勿講別人，含伊家己看著嘛感覺真自卑。佇彼身十七、八歲仔富咧青春活動 ê 同學內底，伊一直看人袂順眼、佮人袂拄好。伊嘛捌無張持，聽著同學私底下批評伊無人緣、顧人怨。伊想著就足受氣，毋過，伊無法度去佮個鬥做伙，嘛無才調去揣個論輸贏。伊干焦會當共鬱卒囥佇心肝內，一直到有一工，伊總算揣著機會、想著辦法。

　　一起頭，伊發覺考試 ê 時，有人咧作弊。伊就共個 ê 名寫佇字

條仔，挾咧週記內面。過無幾工，週記發落來，導師佇頂頭寫字：「你真有正義感佮是非心，老師佇遮共你呵咾，作弊ê代誌我會處理，嘛希望你繼續注意、反映這款無正當ê行為。」伊看著老師ê回覆感覺真歡喜，後擺考試，導師監考ê時特別細膩，真正當場掠著郭明財佮李永順作弊ê代誌。

紲落來，伊閣發覺班上彼幾个較狡怪ê同學，會利用中畫眾人仆咧歇睏ê時陣，偷偷仔傳「黃色ê」咧輪流看。當然，逐擺攏輪到伊進前就跳過去矣，毋過，伊猶是有影著圖，彼確實是「黃色ê」無毋著。伊利用無人注意ê時陣，趖入去教官室共伊班上ê教官報告。

「真好！你按呢是足有道德勇氣ê行為，這項代誌我會來處理。」教官聽著伊ê報告，當面共呵咾。

幾工後ê中畫，教官無張無持，對教室後壁恬恬仔趖入來，當場掠著看kah毋知人ê楊志強。伊假影仆咧睏，看教官直接共冊沒收，共人扭走，心內有一款在來毋捌發生過爽快ê感覺。

閣再來，伊知影班上仝款是彼幾个人，下課ê時陣，會相招去覕佇學校上抱貼ê糞埽場邊仔，做伙咧食薰。

伊仝款利用無人注意ê時間，又閣趖入去教官室。過無幾工，公佈欄貼出來，陳天賜、楊志強、李永順幾个同學，因為行為不檢，去予學校記過ê名單。伊知影這個消息，愈感覺得意，認為家己是一个有正義感ê人。

毋-捌--ê

閣過無偌久，教官私底下叫伊去教官室。

「敢講是伊去密告ê代誌予人知影，欲共報復？」伊一開始緊張kah無知欲按呢？

「你真有勇氣佮良心，學校需要你這款有正義感ê學生來幫助教官維持校規，以後無論是你班上抑別班ê學生，若是閣有類似這款違反校規ê行為，抑是批評政府ê言論，希望你會當繼續來回報，教官會共你獎勵。猶有，後擺你若有發現學校學生抑是其他ê教職員工有啥物問題，你攏會當寫批予我，毋免親身來報告，按呢較袂予人知影。」教官㧡伊到主任教官ê辦公室，主任教官佮普通時仔彼款，定定激一个面仔臭臭ê表情無全款，喙笑目笑，對伊講話，順紲提一張名片予伊。伊一路緊張ê心情毋但平靜落來，歸个人顛倒攏歡喜起來歡喜。

「班上陳明雄同學講：先總統 蔣公根本是獨裁者，毋是啥物民族救星。伊一世人剖過足濟無辜ê人。」

「本班王進發同學講：教官是軍人，應該轉去部隊，退出校園。」

就按呢，佇表面上，伊是一个無受人注意、無受人重視、甚至無受人歡迎，平凡ê學生。私底下，伊彼二蕊細細粒ê目睭、彼二个大大片ê耳仔，無論啥物時間、啥物地點，攏全心全力咧掛酌伊ê四箍輾轉，有啥物人做伊感覺毋著ê代誌，講伊感覺疑問ê話題。

「這擺恁兜收著偌濟？」

「啥物偌濟?」

「紅包啊!選舉ê行路工啊!」

「我嘛毋知影,國民黨ê柱仔跤有來阮兜問看阮有幾票啦,偌濟錢我無選舉權,那會知影?」

「五百啦!阮兜四个大人總共收著二千啦!拄好過年來加菜。」

「阮老爸講買票ê前就愛共收起來,橫直彼攏是貪污食來ê百姓ê血汗錢。」

「幹!我聽阮厝邊ê老人講,逐擺選舉,國民黨攏嘛靠買票佮做票才會贏!」

彼冬年底,縣市長ê選舉結束,本底風評佮聲勢攏足好ê無黨籍候選人,竟然輸予聽講足勢歪哥食錢,爭取連任ê國民黨ê市長。

開票了後ê上課彼工,下課ê時,一寡同學攏咧討論這擺選舉ê代誌,真濟人攏對選舉ê結果感覺意外佮不滿。這寡人ê名姓、這寡話ê內容,後來攏原封不動,傳去到主任教官ê面頭前佮耳空內。

「民主政治ê內涵愛包括四大原則。第一是民意政治,國家ê主權屬於全體人民,所以政府ê統治權力愛來自人民多數ê同意,欲按怎知影啥物是多數ê民意?就是愛透過公平ê選舉,而且是定期ê改選;第二是法治政治,法治ê主要精神毋是干焦要求人民愛守法,更加要求政府必須愛遵守法律ê規定。法律ê來源,就是透過定期選舉所選出來ê民意代表,按照少數服從多數ê精神來制定。

另外，司法愛獨立，袂當受著外來行政力量ê干擾佮影響；第三是政黨政治，一個正常、健全ê民主國家上好是愛有二個以上ê政黨互相公平競爭甚至輪流執政按呢才袂變做一黨專政亦是一黨獨裁，人民嘛才有無全ê選擇民意嘛才有無个表達；第四是責任政治，責任政治是指佇一个民主國家內面權力佮責任愛互相相對，也就是講權力愈大ê人愛負擔ê責任嘛愈重……」伊早前毋但袂愛讀冊，嘛無啥咧聽課，毋過，自從受著教官ê肯定佮重用以後，伊除了平常時仔特別去注意同學ê一舉一動以外，對老師上課所講ê話嘛開始斟酌咧聽。

「老師照你ê講法，咱台灣長期以來攏是一個國民黨咧執政，按呢敢有合『政黨政治』ê原則？」

「猶有，咱雖然有選舉攏是地方爾中央一寡立委佮國大攏是毋免改選，終身職ê『萬年國會』，按呢敢有算『民意政治』？」

「有選舉嘛無路用，國民黨攏用買票ê，這根本就無公平！」

「著矣！這擺市長選舉阮兜就收著國民黨買票ê錢矣！」

老師一講煞，想袂到同學ê反映遐熱烈，一直問伊問題。

「當然，我拄才所講ê是課本ê理論啦！咱台灣ê現實社會，確實有袂少無夠民主ê所在需要改進。」公民老師聽了同學ê問題，簡單做一個回答。

「所謂ê『憲政主義』，又閣號做『立憲主義』。伊ê基本理念是主張政府ê權力佮政治ê運作攏應該受著憲法ê約束，按呢才

會當保障人民 ê 自由佮權利。佇自由民主 ê 憲政規範之下憲政主義必須要有二項內涵：第一、限制政府 ê 權力。也就是講透過憲政體制，予權力互相制衡，防止政府機關烏白使用權力，抑是用無全 ê 方式擴大家己 ê 權力。第二、保障人民 ê 權利。憲政注意主張政府存在 ê 目的，是為欲保障人民 ê 基本權利，包括性命、自由佮財產權等等；同時，透過政治參與 ê 權利，人民會當監督政府 ê 作為，是毋是有符合憲法等法律 ê 規定。比如：咱國家 ê 憲法明文規定，人民有參政權、無受軍事審判權，猶有言論、講學、著作、出版、秘密通訊、宗教信仰、集會結社、居住佮遷徙等等 ê 自由。」公民老師清楚共憲政主義 ê 定義佮精神做一个簡單 ê 說明。

「老師，你講憲法保障人民有秘密通訊 ê 自由，是按怎教官室佮訓導處 ê 人，會當隨便檢查阮 ê 批 kah 冊包？」

「既然人民有集會結社佮著作出版 ê 自由，是按怎咱猶實施黨禁、報禁，毋准人民成立別个政黨佮辦報紙？」

「教官講咱愛全力擁護政府，袂當隨便批評政府；擁護政府就是愛國 ê 行為，批評政府就是破壞團結？按呢敢有違反言論自由？」

黃老師話才講煞，同學 ê 問題又閣一堆，意見嘛是袂少。

「確實，照憲法 ê 精神咱有一寡權利佮自由攏受著限制，這主要是受著動員戡亂時期臨時條款佮戒嚴令影響 ê 關係。是講……臨時條款佮戒嚴，應該攏屬於臨時性，緊急性 ê 做法，咱戒嚴遐爾久……確實是無正常 ê 現象。戒嚴令就親像一種強效 ê 麻醉藥抑是

止疼劑仝款,緊急ê時有伊ê必要,毋過,若是定定用抑是長期使用,對身體顛倒會是一款傷害。」公民老師面對同學ê問題,用一个比喻,斟酌提出伊ê看法。

彼節ê公民課,是上「民主政治佮憲政體制」。公民老師黃文雄是一个才對台灣大學政治系畢業無偌久ê少年老師,伊ê學問真飽,口才嘛誠好,講課又閣趣味。雖然公民科是副科,聯考無欲考,毋過,伊上課ê時陣,同學猶是足認真咧聽。

伊聽著黃老師對民主政治所講ê原則,一開始感覺誠有道理,毋過,繼落伊聽著一寡同學ê問題,猶有老師ê回答,伊愈聽愈無法度接受。

「咱中華民國政府ê情形,佮一般ê西方國家ê民主制度是無仝款ê,咱ê對岸有萬惡ê共匪隨時想欲侵略咱,想欲共咱拆食落腹,咱若無全國一致、全民團結,接受英明偉大ê政府領導,是欲按怎對付共匪ê野心?國民黨一黨統治有啥物毋好?幾十冬來,咱毋是佇這款環境,過著安定幸福ê生活?你一開放黨禁、報禁,開放集會結社,按呢咱ê社會毋就規日吵吵鬧鬧、躘來觸去?社會若是內亂,毋就中著共匪ê陰謀?」伊想著進前軍訓課,教官捌共伊講過ê話,愈聽愈受氣、愈想愈擔心,放學了後寫一暝,共規節課老師佮彼寡同學ê大名佮對話攏詳細記落來,寄去頂擺主任教官予伊ê地址。

過無幾工,伊收著主任教官ê回批:

「你ê表現愈來愈好，國家需要你這種忠黨愛國ê人才，教官想欲推薦你加入中國國民黨，這是一種榮譽，嘛是一種責任。」

一個月後，伊就佇主任教官室，由主任教官親身監誓，加入國民黨。

「好好仔表現，為黨服務就是為國服務，以後黨部會特別照顧你！」宣誓了後，主任教官主動佮伊遏手，伊感受著一款溫暖、有力ê信心佮勇氣。

「恁這寡戇呆，做恁去展威風，做恁去讀死冊，我根本無需要佮恁鬥陣、佮恁比較，我以後是黨部ê人才，黨會照顧我！」提著黨證ê時陣，伊激動kah目屎強欲流落來。轉去教室，伊手一直摸褲袋仔內ê彼本黨證，就親像護身符仝一款，予伊ê勇氣增加誠濟，自卑感嘛消失袂少。

彼學期結束。伊ê成績全款吊車尾，毋過操行卻是優等。訓導處共伊記一支小功、二支嘉獎，理由是「熱心公務值得表揚」。

是講開學了後，就無閣再看著黃文雄老師來學校上課矣！有人講伊是揣著別間學校，主動提出辭呈；嘛有人講伊是拒絕學校ê警告，才來辭職離開。

高中畢業課了後，伊ê總成績三科無及格，按照校規應該重讀一冬。後來，佇伊ê老爸走傱之下，靠一寡關係佮幾包紅包，伊順利提著畢業證書。好運ê是，伊雖然無啥咧讀冊，毋過，因為足認

毋-捌--ê

真咧聽老師上課,竟然予伊考牢上尾一个志願－－中國文化學院哲學系。

「我看過你佇高中ê資料佮考核,咱黨部確實需要你這款忠黨愛國ê優秀青年,希望你繼續努力,黨部會重用你。」伊一入去學校無偌久,「國民黨北知青黨部」文化學院ê負責人就即時來揣伊矣,順紲紹介幾个幹部佮伊熟似。一學期後,伊真正就升任學內黨部ê小組長矣。

「我看過你佇早前ê業績佮表現,咱國家真正需要你這款有正義感佮愛國心ê優秀人才。咱國家當佇危急存亡ê時陣,特別需要上下一心全民團結。毋過,社會總是有一寡害群之馬,學校雖然比較單純,嘛是袂當放鬆。希望伊愛特別注意校內師生,看有啥物人有可疑ê思想抑是行為,愛定時回報,政府會照顧你!」仝彼個時陣,國民黨政府安全單位,嘛派ê一个人來佮伊接觸。經過面談了後,長官交代伊一寡任務。

這个時陣,伊愈來愈無白牢,愈來愈有白信。伊毋但是黨內一个重要ê幹部,閣是情治單位負責監督全校師生ê思想ê人員;伊感覺伊ê身分閣較重要,責任嘛加誠重大。

是講,對這二方面伊攏足有興趣嘛足積極去參與;毋過,對課業伊感覺比讀高中ê時陣愈無趣味、欲無心情。一冬讀落來,啥物是「哲學」,伊猶是無啥概念?可能是受著高中時代公民科老師黃

文雄彼件代誌ê影響，伊感覺政治系ê課程較有伊發揮ê機會，後來，透過頂頭ê幫助佮安排，伊總算轉入去政治系。

搬入去全款攏是政治系學生所蹛ê宿舍，伊改變以前ê態度，毋但佮室友主動交陪，佮全班ê同學嘛積極來往。

「民主（democracy）這个名詞，上早是對希臘來ê，原意是『由人民統治』，後來，民主ê概念隨著時代ê變遷，嘛演變出來無全ê面貌。民主理論學者薩托利（Giovanni Sartori）捌講過：『為欲確定民主是啥物，咱必須先確定民主毋是啥物。』所以咱愛先對理論ê角度，來分別『民主』佮『非民主』ê無全；毋過，因為所有ê國家攏自稱家己是民主國家，咱愛閣對實際ê方面，來看個ê差別。

民主佮非民主上主要ê差別有三方面：第一、提倡人民主權。人民主權是指國家主權屬於全體人民，政府必須根據民意來施政。民主國家ê政府是經過選舉ê程序所組成，而且愛定期改選，予政府ê權力徛佇人民同意ê基礎頂面。第二、重視人權保障。民主政治上重要ê目的就是保障人權。人權是每一个人出世就有ê權利，任何人攏袂當共伊剝奪。〈聯合國世界人權宣言〉第一條就明文規定『人人生而平等佇尊嚴佮權利上一律平等』，咱國家ê憲法嘛明訂，應該保障人民ê人身自由、居住及遷徙自由、言論自由、集會結社自由等等基本ê人權。第三、落實普遍姓ê公民身分。也就是每一個佇國家內永久居住，並且遵守國內法律ê成年人攏有佮別人全款ê權利，袂使因為伊ê種族、性別、宗教、政黨等無全有所差別。」教「政治學概論」ê老師是一个差不多欲60歲ê資深老教授，

伊照講義沓沓仔一句一句唸。

「老師，照按呢講咱敢是算民主國家？」班上同學林志隆攑手發問。

「照理論來講，咱當然是一個民主國家。」教授按呢共林志隆回答。

「毋過，你講咱憲法有保障人身自由、言論自由、集會結社等等ê自由，實際上，咱有一寡自由是受著限制ê？」

「是啊，彼是實際上ê問題，咱國家因為共匪叛亂、竊據國土，所以不得已愛宣佈動員戡亂，實施戒嚴，為著國家安全，難免就會影響憲法ê正常運作。」老教授有影老經驗，伊簡單幾句，就回應同學ê問題。

當老教授咧講課佮林志隆問問題ê時陣，伊hiông-hiông想著高中時陣，公民課黃老師上課ê情形，是講，老教授ê看法確實較符合伊ê想法。

除了家己系裡ê課程，伊閣會利用時間，去別系旁聽抑是修課，頭一擺，伊先來到法律系，聽講「刑法專題研究」ê老師是一个拄才對美國留學轉來ê少年教授。

「『罪刑法定主義』是刑法上重要ê原則。所謂『罪刑法定主義』，就是講啥物行為構成犯罪，猶有對這款行為欲按怎處罰，攏必須愛有法律上ê規定。也就是咱定定聽過ê法律俗語：『無法律ê明文規定，就無算犯罪；無犯罪，就無刑罰。』咱國家刑法第一

條就優先明白規定:『行為之處罰以行為時法律有明文者為限。』所以一个人到底敢有犯罪,愛看彼个人敢有違反佗一條法律?毋是某一個個人抑是政府家己ê認定。」講台頂,少年ê教授共法律ê原則,清楚、簡單做一個說明。

「『罪刑法定主義』ê重要性,是欲防止親像早期專制ê時代,統治者對人民ê刑罰,無一定攏遵照法律,有可能用伊主觀ê意思,決定犯罪ê行為佮刑罰ê輕重。人民往往毋知影家己ê行為,啥物時陣會因為得失統治者,來遭受處罰。這會使講是過著佇一種驚惶不安ê生活。同時這寡刑罰,往往會剝奪人民ê自由、財產甚至性命,這會當講是足無合理佮文明。所以人民才會要求政府,對毋是先判定是犯罪ê行為,就袂當論斷伊是犯罪,當然嘛袂當共伊處罰。」台仔頂,少年ê教授繼續共罪刑法定主義ê重要,做一擺嚴肅、重要ê強調。

轉去宿舍了後,欲睏進前,這寡話先佇伊ê頭殼內做一個轉踅,伊認為這個少年ê教授所講ê誠有道理;紲落,閣佇伊ê心肝頭做一個來回,伊感覺佮伊進前所受ê觀念有一寡無仝。咱是生活佇非常時期,那會當用普通時陣ê法律原則來做標準?伊決定後擺上課,閣去聽看覓教授咧講啥。

「佇刑事訴訟ê過程中,『無罪推定原則』是刑事訴訟法上重要ê原則。『無罪推定』ê意義,是指刑事被告經過司法機關照法定程序審判認定伊有罪進前,應該推定伊是無罪。無罪推定ê重要性,就是因為社會上一般人對被告抑是犯罪嫌疑犯,通常攏會有預

斷伊有罪ê想法，按呢對被告是無公平ê。另外，司法機關調查、蒐集ê證據，無一定攏是完整抑是事實，無一定會當證明犯罪。佇證據不足ê情形下，司法機關有可能共有罪ê人判做無罪，嘛有可能共無罪ê人判做有罪。」

「老師，按呢是毋是會因為證據不足，予犯罪者逍遙法外？」這個時陣一个矮矮肥肥ê同學攑手發問。

「雖然『無罪推定原則』有可能錯放過有罪者，毋過，佮錯害著無罪者比較起來，所謂『兩害相權取其輕』，包括〈世界人權宣言〉佮〈聯合國公民佮政治權利公約〉攏共『無罪推定原則』列做基本人權之一。咱國內ê〈刑事訴訟法〉第154條嘛規定『被告未經審判證明有罪確定前，推定其為無罪。犯罪事實應依證據認定，無證據不得認定犯罪事實。』」。

「〈刑事訴訟法〉規定刑事案件處訟程序，有一個足重要ê目的，就是保障人權包括被告者佮被害人ê人權。所以除了『無罪推定原則』以外，猶有『偵查不公開原則』、『保持緘默權利』、『證據排除法則』、『公開審理原則』、『被告自白證據力ê限制』……等等，用來避免國家濫用公權力來侵犯人民ê權利。」

「老師，啥物是『證據排除法則』？」這擺換一个瘖瘖、𢛴𢛴ê同學攑手。

「『證據排除法則』也就是咱一般所講ê『毒樹果實理論』，伊強調蒐集證據ê程序正義。假使偵查機關用違法ê方式進行搜查、

關禁抑是扣押,伊所得著 ê 證據法院袂當當做判斷 ê 根據。也就是講,用違法 ê 手段取著 ê 證據,就親像是一欉有毒 ê 果子樹,伊所生出來 ê 果子全款是有毒 ê。」

「我聽講足濟刑事警察掠著罪犯,尤其特務人員掠著政治犯,攏會先刑求、逼供,這是毋是違反『毒樹果實原則』?」 瞪瞪、睚睚 ê 同學繼續問。

「確實,這是違反這個原則!」少年教授頕頭,明確共回答。

「老師,敢會當請你講啥物是『白色恐怖』?我聽講足濟人攏是因為這項代志去 hông 刑求、關禁?」瞪瞪、睚睚 ê 同學,那像對這問題足有興趣,伊繼續問。

這個時陣,包括伊在內 ê 所有同學攏目睭金金,看對教授 ê 方向去,這是一個足敏感 ê 問題。

「『白色恐怖』這個名詞 ê 來源有幾種無仝 ê 講法。有人講是法國大革命 ê 時代,政府對革命黨員佮革命份子進行大規模 ê 鎮壓佮屠殺 ê 行為號做『白色恐怖』。另外一種講法是法國第三共和國政府軍佮巴黎公社政權對抗 ê 時,政府軍用白色做代表色,公社用紅色為代表色。所以,後來 ê 人,對政府用鎮壓、屠殺來對付公社 ê 行為,號做『白色恐怖』。後來國共內戰 ê 時陣,共產黨共個佔領 ê 所在叫做『紅區』,共國民黨控制 ê 地區叫做『白區』。後來,中共嘛用『白色恐怖』來稱呼國民黨對共產黨員 ê 逼害佮暗殺等等 ê 行為號做『白色恐怖』。閣後來,國民黨來到台灣了後,為欲防

止共產黨佇台灣生湠，佇 1949 年 5 月先宣布戒嚴，閣再制定《懲治叛亂條例》佮《檢肅匪諜條例》，成立警備總司令部，造成一寡情治單位 ê 特務人員四界掠人、刑求、逼供、冤殺等等不當 ê 行為……」教授講到遮，有淡薄仔激動。

「老師，彼陣聽講老蔣總統要求『甘願錯殺一百，袂當輕放一人』這是毋是違反『無罪推定原則』。」彼个瘖瘖臌臌 ê 同學又閣攑手。這个時陣，下課 ê 鐘仔聲拄好響起。

彼暗伊倒佇眠床頂翻來反去，睏袂落去，伊一直咧想今仔日上課 ê 情形佮教授所講 ê 話。伊雖然感覺教授 ê 講法有伊 ê 道理，毋過，伊所講 ê 西方國家 ê 彼套理論，個無萬惡 ê 共匪咧威脅，咱有特別 ê 情形愛面對，所謂「亂世用重典」，國家 ê 安全比啥物佮較重要，絕對袂當有任何分離 ê 意識來破壞國內 ê 團結。伊袂當予教授這款 ê 言論繼續影響其他 ê 同學，伊決定明仔載就來寫報告。想好了後，伊總算才睏去。

伊學生宿舍內底佮伊上熟似、親近 ê 人是佮伊仝寢室仝班級 ê 陳宏茂，伊人生做斯文古意，真好鬥陣嘛足愛看冊，除了政治方面 ê 冊以外，猶有袂少 ê 歷史佮文學 ê 作品。

有一工，伊暗頓食飽，欲出去參加黨部 ê 活動，看陳宏茂毋知提一本啥物冊看 kah 毋知人。等伊活動結束，轉來 ê 時，陳宏茂猶是坐佇原位，繼續專心咧看彼本冊。一直到寢室欲關火 ê 時，陳宏

茂才共冊收起來。

「你是咧看啥冊，看 kah 迄入迷」？欲睏 ê 時，伊感覺好玄，問陳宏茂。

「一本足特別、足好看 ê 歷史冊啦。」陳宏茂按呢共應，聽起來誠歡喜。

「敢會當借我看覓？」伊對歷史一向無啥興趣，聽陳宏茂按呢講，引起伊 ê 好奇心。

「好啊！我明仔載看了才借你。」陳宏茂一下仔就答應。

「冊借你，看了愛隨還我喔！袂當烏白借予別人。」隔轉工，陳宏茂共冊提予伊 ê 時，特別共伊交代。

伊提著冊一看，冊名是《苦悶 ê 台灣》。掀開內頁，伊心肝頭驚一大趒：作者是王育德，台南人，東京帝大畢業，戰後捌佇台南一中教過冊。228 事件 ê 時，伊 ê 兄哥，嘛是東大畢業 ê 檢察官王育霖，因為涉嫌叛亂被掠失蹤，王育德逃亡去日本，成立「台灣青年社」，鼓吹台獨運動，是政府通緝 ê 烏名單。

冊 ê 內容，對明朝尾年，葡萄牙人稱呼台灣為「福爾摩沙（Ilha Formosa）開始，寫到 1970 年代 ê 海外台獨運動為止，內底除了一寡早前毋捌聽過抑是講法無全 ê 資料以外，特別講著 228 事件、白色恐怖佮台獨運動：

「228 事件會發生，是因為新來 ê 長官帶領傲慢 ê 部屬來到台

灣,部屬個用一寡奸巧ê手段一直剝削台灣,閣再用一款征服者ê態度,排斥台灣人原來ê社會地位⋯⋯陳儀佮伊ê部屬冷酷、腐敗、貪財,無所不至。軍隊佮祕密警察對人民進行公然ê壓制佮威脅,予政府官員閣較簡單來剝削人民⋯⋯到這個時陣,台灣人才懷念起日據時代。台灣人呣相日本人,罵個是『狗』。『狗』雖然會叫,上無嘛會顧門。中國人是『豬』。『豬』干焦會食,啥物攏袂。」

「國民政府來台灣第一步ê工課就是大規模ê鐵血鎮壓。彼時外敵中共猶無能力威脅台灣,暫時會當放心,目前ê敵人是潛伏佇島內ê民族主義者佮共產主義者。1949年到1951年,蔣經國ê特務逮捕、殺害數千名ê台灣青年個ê做法是:為欲逮捕一個反抗者,寧願殺掉一百個可疑份子。⋯⋯一个人被逮捕,伊ê朋友可能全部攏會受著牽連,有ê人佇學校ê教室予人掠走,有ê人佇暗暝咧睏ê時失蹤,個無經過公開審判就直接銃殺,好運ê人送去火燒島關禁。」

「趙爾濟冬來,中國只有二個是非,一個是極右派ê國民黨ê是非;一個是極左派ê共產黨ê是非。咱愛脫離這二個是非枷鎖,咱愛放棄對這二個政權倚靠ê心理,佇國民黨佮共產黨之外,對台灣選擇第三條路――獨立自救ê路。」

伊共這本冊大約看了,心內感覺驚惶又閣意外,彼个斯文古意ê陳宏茂,那會去看這款極端、偏激ê禁冊?

「你看了感覺按怎，好看無？」二工後，當伊共冊還予陳宏茂ê時，陳宏茂按呢問伊，口氣足自然、態度足誠懇，看袂出伊有啥物企圖。敢講，伊毋知看這款禁冊ê嚴重性？

「嗯⋯⋯誠特別ê一本冊。是講，你那會有這款冊，市面上那像毋捌看過？」伊刁工用話試探陳宏茂。

「是學長介紹我去西門町光華商場ê舊冊擔買ê，伊共我講遮有袂少這款佮教科書無仝ê冊會當參考、比較。」陳宏茂看起來真單純，應該是純粹ê好奇，無啥物特別ê用意。

「著啦！我遮猶有一本類似ê冊，是外國人寫ê，看你有興趣無？」陳宏茂閣對伊ê冊架仔頂頭，提另外一本閣較厚ê冊予伊。

伊提過來一下看，心肝頭踔一下，這本冊ê冊名號做《被出賣ê台灣》，作者是美國人柯喬治（George Kerr），戰後捌擔任美國駐中華民國大使館ê副領事。伊干焦看著冊名，就有一種無通好ê感覺。

「陳儀帶領一群搶劫、貪污集團來到台灣。一開始ê搶劫，對1945年底開始，通常攏是下階層ê軍人所做。只要是無人在場看顧，抑是會當簡單提著ê物件，攏成做這寡無法無天ê軍人ê目標。這寡初期ê搶奪行為，差不多佇每一个城市、每一條街路，郊外、鄉鎮，只要有國民黨軍隊駐營ê所在攏會發生。紲落ê搶奪，是國民黨ê高級官員佮頂層軍官所為。個利用權

勢共軍事用品佮民生用品運去大陸。最後ê手段，陳儀佮伊ê親信將所有ê工業原料、農業產品猶有共日本人移交、充公ê財產攏總經控制佇手裡……1947年初，陳儀更加以極端ê獨佔制度完成控制全島ê經濟性命，這就是造成後來台灣起義、抗暴ê原因。」

「3月10日，政府軍隊佇台北街頭濫殺三工了後，開始向市郊佮鄉間推進，架佇卡車頂面ê機關銃隊，沿公路向前，對雙爿邊仔亂使掃射……阮看著誠濟學生予人縛做伙趕去到刑場這寡刑場通常攏是台北郊區ê河邊、山溝、港口。干焦佇台北東區ê路邊，我就看著三十外具身穿學生制服ê少年屍體，佃有人耳鼻予人切斷，有人膦葩予人割去，猶有二个佇倚進我前門ê所在予人斬頭……」

除了作者家己所寫ê內容，冊裡猶有附帶一張彼當時一群台灣學生寄來予領事館ê批：

「阮是一群年輕ê台灣人，為欲向阮所尊敬ê聯合國佮所有外國ê朋友求情，阮對阮內心上深ê所在叫出阮ê悲傷阮美麗ê台灣善良ê人民現此時當受著中國兇惡ê政權摧殘、踏踏，阮ê痛苦已經進磅矣！這是阮以前毋捌經歷過ê……」

伊冊看到一半，就看袂落去矣。

彼暗半暝，伊倒佇床頂。看著對面床 ê 陳宏茂已經睏 kah 眠 -- 眠矣。雖然，陳宏茂佮伊是好朋友；雖然，伊嘛知影陳宏茂應該是一時好奇，才會去看這款冊。本底，看過進前彼本《苦悶 ê 台灣》了後，伊猶小可咧躊躇，想講欲準拄好去。毋過，這本冊 ê 毒素傷重、影響傷深矣！為著國家安全、為著全民團結，伊猶是決定寫報告、交出去。

大學畢業，好運閣再揣伊，伊順利考牢政戰科 ê 預備軍官。佇政戰學校受訓三个月 ê 訓練了後，分發到位佇高雄衛武營區 ê 新兵訓練中心，擔任輔導長 ê 職務。

「這幾冬來共匪對咱 ê 威脅愈來愈大，毋但是國防武力一直提升，連外交勢力嘛無廷壓逼。咱軍隊是保護全國安全 ê 第一線，更加閣愛精誠團結。軍中 ê 成員來自各種 ê 環境，想法、生活加誠複雜，希望逐家會當盡心盡力，做好保密安全 ê 任務！」伊猶會記得來部隊報到進前，先去師部接受政戰主任召見了後，特別共個幾个全期 ê 預官按呢交代。

落部隊彼工，伊坐佇家己 ê 輔導長室 ê 辦公椅仔，心內感覺真得意。以前攏是單方面聽頂頭 ê 指示佮單方面向頂頭報告；以後，伊嘛會當佈建屬於家己 ê 細胞，單獨向伊報告一寡別人 ê 秘密：

「新兵邱明雄佇莒光日活動發言 ê 時，竟然講：蔣公逝世紀念日欲到矣，咱愛來舉辦『慶祝』活動。」

「新兵柯文榮佇摳草ê時，共黃德明講咱做兵是來訓練體能、學習戰技ê，毋是逐工來咧立正、稍息，無就是咧抾樹葉仔、摳草仔。」

「黃德明共應講：『摳草總比相戰好，你看彼款刺槍術，真正笑死人，予你刺佮手斷去嘛無路用！何況，阿共仔ê人口是咱ê五十外倍，真正欲相戰，十隻手嘛拍輸人。』」

「班長劉明朝利用放假ê時陣，接受新兵鄭志龍ê招待，做伙去三多路馬殺雞。」

「班長李文曹共新兵張志弘借錢無還，用共伊放榮譽假來拄數。」

「……」

雖然伊所接著ê消息，基本上攏毋是啥物重要ê情報，毋過，伊心內猶是有一種滿足ê感覺。

1979年冬尾，伊臨時接著旅部政戰官ê電話，叫伊即時去旅處長辦公室報到，伊一到辦公室，內底已經坐kah滇滇，除了處長佮旅部ê政戰官，猶有三個營ê輔導長佮幾个連輔導長，看起來應該是有誠重要ê代誌。

「咱頂面最近接著情報，一寡美麗島雜誌社為主ê黨外人士，欲利用12月10日國際人權日，舉辦遊行、演講ê活動。這是違反戒嚴規定、影響國家安全ê違法行為，咱絕對袂當予個達成目的。

彼工警察佮憲兵單位攏會出動，毋過咱無希望先出手阻擋、鎮壓，恐驚會予有心人士利用機會批評、攻擊，影響咱ê形象。」旅處長楊天生面色沉重，開喙出聲。

「所以，頂面要求咱旅ê連輔導長，擔任變裝人員，加入群眾內底。一方面用言語煽動民眾ê情緒，一方面用行動刺激群眾ê不滿，等個先主動出手攻擊了後，咱就趕緊離開，其他ê就由憲警單位來處理。這段時間，逐工攏愛來遮報到，由張政戰官負責訓練逐家。」處長話講煞，叫各連輔導長留落來，交予張政戰官。過無幾工，當軍警開始四界咧掠人ê時，個一寡有功人員全時陣嘛放假，四界去迫迌。

退伍以後，伊先佇市黨部食頭路。一冬了後，伊透過關係佮紅包，竟然入去市內以升學出名ê竹園高中擔任公民科ê專任老師。

「照你ê學歷，實在無適合入來咱學校，毋過，頂頭一直共你呵咾推薦。是講，你擔任公民科較無要緊，你猶是共重心囥佇學安方面。我看按呢啦，這學期訓育組長拄好辭職，擬就來擔任訓育ê工課。」伊來報到彼工，校長特別接見伊，順紲交代伊任務。

伊對校長ê安排感恩不盡，全心扮演伊校安人員ê角色。伊就親像一隻枵飢、敏感ê狗，隨時、四界佇校園內底，偷偷仔查探、走揣任何伊感覺有問題ê草動、風吹。

伊用誠濟心力，一方面，共校內伊感覺思想有問題ê師生資料

做一个整理；一方面，共學校一寡佇外口開家教班、走補習班ê老師名單仝款做一个檔案。

3冬後，訓導主任因為蹛酒家、揣查某，去予人檢舉，調職查辦。伊因為這幾冬來表現袂穤，升任成做訓導主任，另外，私底下閣再兼任「安維祕書」ê工課，繼續負責伊ê專長。

無疑誤，過1冬後，政府竟然宣布欲解除戒嚴，這對伊ê影響佮刺激上過大矣！解嚴了後，伊ê另外一個重要ê身分嘛會綴咧消失去，伊ê人生嘛會失去一仿重要ê意義。

彼學期，學校新入來一個少年ê公民科老師。無偌久伊隨接著報告，這个林老師定訂利用上課ê時，共學生講一寡有關228事件、美麗島事件等政治方面ê代誌。伊知影了後，即時共林老師叫來辦公室。

「林老師，聽講你上課定定共學生講一寡228事件、美麗島事件ê代誌？」

「是啊！因為有學生咧問我就講予個聽。」

「這款政治問題較敏感，你上課就好矣，無一定愛回答個ê問題。」

「咱公民課第二冊專門就是咧講政治啊！」

「這我知影！講課你就照課本講就好，是按怎欲講彼寡課本無寫著ê代誌？」

「就是課本無寫著,毋才愛補充,照課本唸,有啥意思?」

林老師離開了後,伊愈想愈受氣,若照以前,伊一定想辦法予伊好看。是講,解嚴了後,伊一時嘛毋知欲按怎對付這个無知死活 ê 林老師,只好先共代誌凝佇心肝內。

2000 年陳水扁當選總統,伊氣 kah 幾仔工袂食袂睏,想袂到幾十冬來,為著國家安全,所付出 ê 苦心猶是無路用,政權猶是予彼寡野心陰謀份子提去。

是講,伊 ê 鬱卒真緊就過去矣,伊 ê 好運猶無袂記得伊。

按照以前 ê 法令規定,高中老師兼任主任 ê 行政工課,到一定 ê 年限了後,就有資格去參加高中校長 ê 考試,通過了後,就會當擔任校長 ê 職務。進前伊考幾仔擺,用袂少關係、開袂少金錢攏無路用,逐擺筆試都先摃龜矣。

無疑誤阿扁仔就任以後,毋知是啥物人 ê 意見,法令嘛綴咧改變,只要主任 ê 任期有到一定 ê 時間,毋免考試,只要通過校長 ê 甄試,就會當佇原來 ê 學校做校長矣!甄試 ê 方法是,只要提著教師會代表一票、家長會代表一票、猶有教育廳 ê 官員三票,就過關矣,這對伊來講,是加足簡單 ê 代誌。

彼冬,學校教師 ê 代表是黃文嘉,伊是學校出名 ê 數學老師,毋但佇補習班兼課,閣佇厝裡開家教班,這寡代誌,伊早就攏一清二楚,這就是伊厲害 ê 武器,黃文嘉家己嘛心內有數。搪著這款重

要 ê 代誌，扶伊都袂赴矣，那敢去得失伊，無投予伊？家長會代表佮伊原本就是一對司公仔聖桮，家長會只要捐一寡費用予學校做基金，主任自然就會共個 ê 後生編佇師資較好 ê 班級對伊特別 ê 照顧。這馬伊有機會升任校長，對個當然閣較有利，這票當然穩妥當 ê 啦。

有較麻煩 ê 就是教育廳彼幾票。彼時 ê 教育廳長陳志豪，原本是佇台南師範學院做校長，伊原則上是一個讀冊人，食薰、啉酒、揣粉味對伊攏啥物吸引力。是講，雞卵較密嘛有縫，伊到底早前是有特別 ê 身份，啥物空縫伊都有法度去揣出來。後來，伊總算發覺陳志豪有一個所在會當予伊掌握，就是彼粒網球。

陳志豪除了讀冊、教冊、做行政，對別項 ê 活動無特別 ê 興趣，干焦網球以外。伊知影這個空頭了後，逐擺見若陳志豪來到台南出差、開會，伊就自頭頂到跤底，共規付 ê 球帽、球鞋、球衫、球棓攏準備齊全，專工提去到陳志豪所蹛 ê 飯店等待，邀請伊去撥工去學校新起 ê 網球場參觀，順紲親身落場，體驗新球場 ê 工程品質按怎樣？陳志豪聽著網球心就癢起來矣，閣看著專工替伊準備好勢，全套攏是伊卜合意日本 yy ê 品牌，当然擋袂牢，一下仔就答應。

就按呢一擺、二擺，大魚就著釣矣！隔冬，現任 ê 校長拄好任滿退休，新學期開始，伊就按呢，成做竹園高中 ê 新校長。

就任彼工，伊坐佇校長室 ê 辦公椅頂，歡喜 kah 強欲叫出來。伊想袂到才失去一个戰場，隨閣得著一个閣較大 ê 江山。

是講，伊ê好運終其尾仔猶是提早離開伊。就佇伊校長ê任期將欲結束ê半冬前，有人去檢舉伊佇學校起體育館ê工程時，接受包商ê烏西。當檢調人員分別佇伊ê辦公室佮厝裡搜查了後，檢察官傳伊去問話ê時，伊干焦愣愣坐佇遐，一直想無是啥人去檢舉伊……

疼

　　大學畢業典禮了後,陳永信先共較重ê物件寄轉去厝裡,家己揹一个簡單ê行李,欲去台北車頭坐火車。坐車進前,伊先去附近ê冊店踅踅、看看咧,無意中,伊看著倚壁角ê冊架仔下跤,有一本薄薄仔ê小說集《一隻鳥仔》。作者黃崇雄,筆名蕭郎,是台南縣將軍人,佇甲國中ê老師。

　　陳永信掀開內頁,略仔看一下,內底總共收錄五篇短篇ê小說,故事ê背景攏是作者日常生活相關ê所在,也就是台南海口方面ê「鹽分地帶」。遮是陳永信ê故鄉嘉南平原ê一部分,毋過,伊對這寡沿海所在ê認捌足有限。

　　讀大學ê時陣,陳永信雖然看過袂少有關台灣文學ê作品,對王拓、王禎和黃春明、宋澤萊佮洪醒夫等人ê小說,攏感覺誠合意。毋過,個ê作品內底所寫ê背景,無論是基隆、花蓮、宜蘭、雲林抑是彰化,對陳永信來講,攏加減有寡距離。

　　陳永信出世佇嘉南平原較倚中心ê所在,地質比較加較好,民眾主要是種稻仔為主,生活雖然毋是講偌好過。毋過,伊自細漢就不時聽大人按呢講:「欲烌某嫁翁,千萬毋通去揣彼山內兜底抑是海口方面ê人,彼攏是一寡散鄉人蹛ê所在。」

黃崇雄小說ê故事，就是發生佇嘉南平原ê北門、佳里、學甲這寡沿海ê所在，這對陳永信來講，有另外一種無仝款ê意義佮特別ê興趣，伊感覺應該愛閣較知影發生佇這個所在ê一寡代誌。

　　「這是一本真好看ê小說集，無論寫作ê技巧、故事ê內容，攏無輸頭前幾位出名ê作家，甚至猶有一種特別ê風格，彼正正就是鹽分苦澀ê滋味！」陳永信共冊買落來，佇車內開始一頁一頁斟酌看，車拄欲到站，伊冊嘛看煞。

　　這五篇小說內底，予陳永信上感動嘛上感慨ê是〈一隻鳥仔〉這篇：

　　「當伊血紅ê雙眼，看著掛佇竹柱仔彼支假跤ê時，伊ê面即時垂落來目睭停佇彼支斷去ê倒跤，又閣斟酌看著最近有時白死殺、有時茄仔紅ê正跤指頭仔。水龍仔心內起一个ka-lún-sún，伊想起17冬前，伊是頭一个去鋸斷跤骨ê烏跤病患者，彼个時陣ê倒跤指頭仔，就佮現此時ê正跤指頭仔症狀仝款……入去病院，醫生看過水龍仔ê跤指頭仔了後，對水龍仔講正跤嘛一定愛鋸。當水龍仔撐拐仔對椅仔徛起來，伊看著醫生辦公桌仔頂頭彼罐酒精瓶仔裡ê一支指頭仔，伊記kah足清楚，彼就是伊17冬前所鋸斷ê指頭仔。想起17冬前予人鋸斷指頭仔ê彼時，想著17冬後偆落ê一支跤又閣欲鋸掉，水龍仔規身軀

閣起一个 ka-lún-sún。

水龍仔佇唯一 ê 一个空床坐落來，看著 30 幾位病床頂頭倒咧、斷跤、斷手 ê 人；聽著彼寡猶未被鋸、病情慘重 ê 人 ê 哀哭聲，伊目睭看過去，攏是紅腫 ê 跤、茄仔色 ê 跤、變白 ê 跤、烏 kah 那像土炭臭爛 ê 跤……攏是消瘦 ê、死白 ê、營養不良 ê 面。目睭前 ê 慘狀，佇 17 冬前伊已經看過、摸過矣，想袂到 17 冬後伊又閣加入這个悲慘 ê 隊伍……」

「憨鐘仔跪佇遐規个腹肚枵 tuh-tuh，老師個攏去食營養午餐矣。伊火紅 ê 目睭一直看彼一片一片 ê 烘肉 that 入去校長 ê 大喙空，彼一粒一粒 ê 魚丸佇校長 ê 喙裡哺來哺去……

憨鐘仔無閣再去學校讀冊，伊 ê 胸前掛一个柴箱仔，褪赤跤、褪腹裼，干焦穿一領烏內褲，四界去賣枝仔冰。為著欲省錢，又閣走去學校豬稠邊仔 ê 糞埽桶仔，抾人倩落 ê 物件來食。逐工下晡，伊攏共賣冰趁來 ê 錢買柑仔抑是買大餅提去病院予伊 ê 阿公食。憨鐘仔知影伊 ê 阿公足愛食虱目魚，伊想著阿公手術了後虛弱 ê 身體需要補一下，伊想著愛加儉寡錢買一尾虱目魚，伊賣冰枝 ê 聲音愈來愈大聲，透早到暗，伊叫賣 ê 喝聲佇寮仔廍每一个所在響起……

落雨天，憨鐘仔 ê 冰枝賣袂出去。伊 hiông-hiông 想著阿公上愛食赤喙仔，阿公定定講赤喙仔煮湯足清涼退火。伊草笠仔戴咧，手提鋤頭佮竹籃，招水添仔去蘆竹溪 ê 沙埔去掘赤喙仔……

『駛你娘咧，憨鐘仔，你揣死！』huông-hiông 大目降仔彼箍怪獸，對埠岸頂懸落來，開喙一直罵。憨鐘仔鋤頭佮竹籃擲落，向蘆竹溪西爿面 ê 沙埔一直走，大目降仔佇伊 ê 後壁一直逐一直罵⋯⋯憨鐘仔繼續走，海水開始漲。憨鐘仔無張持跋一倒，一陣水湧拍過來，共伊規個人捲入去水裡⋯⋯」

自細漢就無爸無母、厝內散赤 ê 憨鐘仔，一方面不時佇學校予人糟蹋；一方面為欲照顧因為烏跤病，前後鋸斷雙跤 ê 阿公，休學去賣冰枝鬥趁錢；又閣為欲予阿公補身體，去溪埔掘赤喙仔，煞予搪著進前欺負過伊 ê 地方惡霸大目降仔一路追趕，不幸去予海水捲走淹死。

「這个故事，絕對毋是作者單純 ê 虛構，是彼个充滿鹽分 ê 海口方面，濟濟艱苦人真實 ê 生活經驗！」陳永信相信這篇小說，定著有一大部分是黃崇雄親身所聽、所看 ê 經歷。

「烏跤病」這个名詞，陳永信自細漢就有聽大人講過，毋過，伊一直毋捌親目看過，干焦聽講著病 ê 人跤會反烏變麻，有 ê 人疼 kah 無法度共跤鋸斷、有 ê 人疼 kah 擋袂牢吊脰自殺。看了這篇小說以後，伊足想欲知影這个恐怖怪病 ê 一寡代誌。

這个時陣，陳永信想著一个北門人，伊就是陳永信高中 ê 同學兼室友王文榮，高中畢業了後，王文榮考牢中興大學經濟系，二人

毋-捌--ê

一直猶有咧保持聯絡。

陳永信先佮王文榮約好勢了後,就佇彼禮拜日下晡,來到王文榮恁兜。伊一到位才知影,王文榮毋但是王金河 ê 厝邊,又閣是親情,論輩份,王文榮愛叫王金河「叔公」。王文榮恁兜隔一條大溝,南爿就是北門基督教長老教會,教會正手爿,就是烏跤病免費診所,閣再隔一間民家厝,就是王金河 ê 診所佮徛家。

彼工下晡,王金河 ê 診所歇睏無咧看病,王文榮炁林永信來到大門 ê 時,拄好看著一个老人佇診所 ê 外面咧整理花草。

「叔公,你好!我是清水仔 ê 孫仔阿榮啦!」王文榮先佇大門口共內底面 ê 老大人相借問,原來伊就是王金河無毋著。

「哦!你是阿榮喔?有一站仔無看著你矣,聽講你這馬佇台北咧讀大學喔?你阿公前幾日仔才來揣我開講爾。」王金河一爿共手裡 ê 土砂掰掰咧,一爿行過來開門。

「阿⋯⋯你那有閒來揣我?」王金河開門予個入去。

「是按呢啦,叔公,這位是我讀台南一中時陣 ê 同學陳永信,現此時咧讀師範大學啦!伊講伊有看過一本小說,內底有寫著烏跤病 ê 故事,伊看 kah 足感動,講想欲來遮參觀一下,順紲請教叔公一寡佮烏跤病有關 ê 代誌啦!」王文榮一方面趕緊共陳永信紹介予王金河,一方面簡單共王金河說明個來 ê 用意。

「哦!按呢喔?」王金河目睭看對陳永信這爿來。

「叔公你好!我是陳永信啦,真歹勢,你歇睏 ê 時間來共你攪

擾！」陳永信趕緊共王金河問好。

「袂啦！袂啦！我嘛是閒閒無代誌，整理一寡花草爾，來，內底坐啦！」王金河ê 倚家就佇伊ê 診所後壁面，行幾步仔就到矣。

「有人咧寫烏跤病ê 故事喔？」個三人來到客廳，坐落來了後，王金河喙仔笑笑按呢問，予人看起來真溫暖ê 感覺。

「是啦！是一个叫做黃崇雄ê 老師，伊寫一本號做《一隻鳥仔》ê 小說集，內底有講著烏跤病房ê 故事，我看了足感動，才會想欲來遮行一下，加知影一寡佮烏跤病相關ê 代誌啦。」陳永信云云仔共王金河講明伊ê 來意。

「叔公，請教你，當初時你那會加入教會，後來，毋但選擇轉來故鄉開診所，閣投入醫治烏跤病這款艱苦ê 工課？」陳永信坐落了後，趕緊共伊ê 問題請教王金河。

「我是佇 1916 年出世佇台南州北門郡ê 北門庄，遮是一个沿海ê 散赤漁村。讀北門公學校四年級ê 時，我遇到性命中ê 頭一个貴人，才對台南師範學校畢業ê 陳進雄老師。

陳老師對教育有奉獻ê 熱誠，對鄉土有深刻ê 感情。平時上課，對課業ê 要求非常嚴格、認真；遇著假日，閣不時會炁學生出外行踏，予學生親身去認捌在地ê 史地人文。

『這片土地是咱ê，只有用心了解伊，咱才會真正疼惜伊。俗話講：『了解是愛ê 開始』有愛，將來大漢有能力以後，才會有感情，為這片土地頂面ê 人民服務。』陳老師定定按呢共阮講。

『咱讀冊捌字，當然是較方便將來揣頭路、過生活；毋過，閣較重要ê是，愛為人民服務。』陳老師這款ê教示，深深刻印佇我ê心肝頭。佇陳老師ê教導之下，開啟我對讀冊ê興趣佮日後學醫ê志向，對我ê一世人嘛有非常大ê影響。

當初時偏遠ê庄跤，除了醫療無發達，鄉民ê生活普遍攏嘛無好過。我除了認真看病以外，收費也比一般ê診所較俗。彼時陣來診所ê病患，大概干焦一半ê人有現金，另外一半ê人攏是愛欠數。對有收入ê病人，伊通常會佇欲過年ê時陣，才會去共個收數；對無收入ê患者，就繼續予個欠，第二冬過年前才閣去收數；病患假使過了二冬猶無法度付錢，我就自動共數塗銷，無閣再提起。所以診所雖講細間，病患一直毋捌停過。」王金河共過去ê代誌講 kah 足清楚，伊停洛來啉一啖茶，才閣繼續講落去。

「我公學校畢業了後，考入去由基督教長老教會興辦ê台南長榮中學。佇學校，我除了接受閣較濟ê西方文化，嘛頭一擺接觸著基督ê教義。『向望公平親像大水滾滾，期待正義可比江河滔滔。』我一直會記得，有一工上課，老師講解阿摩斯書ê時，佇黑板寫ê這句話。彼個時陣，我ê內心產生強烈ê震動，目屎強欲流落來。嘛真自然，就想起進前我讀公學校ê時，陳老師講過ê話：『啥物時陣，台灣人才會當有公平正義ê生活？』」。

「彼時，特別是有一門號做『道義』ê課程，專門講解聖經ê道理，內面ê經句透過老師ê講解了後，引起我足大ê興趣。後來，我閣較用心研讀聖經所寫ê內容，嘛更加佩服耶穌偉大ê精神，落

尾，佇畢業進前，我佇東門教會參加受洗儀式，正式成做基督教徒。長榮中學畢業了後，我先去日本讀仝款是基督教會創辦 ê 明治學院中學部；紲落，佇陳老師 ê 鼓勵之下，考牢日本東京醫學專門學校，就按呢，我就走向醫學 ê 道路。醫學校畢業，我先佇大久保病院服務，戰爭尾期，我 ê 老母破病，我趕轉來看伊。後來，我就決定留佇故鄉北門開業，才來成立『金河診所』。拄好彼個時陣，烏跤病開始咧流行，看著遐爾濟鄉親咧受苦難，我感覺這是我 ê 考驗佮使命。我一直相信，這攏是早前陳老師 ê 啟示，猶有後來耶穌基督 ê 恩典。」王金河勻勻仔，詳細共陳永信佮王文榮講伊 ê 故事。

「『烏跤病』到底是一款啥物病？那會佇這幾個沿海地帶發生？」陳永信聽了王金河 ê 故事了後，繼續問伊有關烏跤病 ê 代誌。

「『烏腳病』，一般 ê 民眾嘛有人講伊號做稱『烏焦蛇』。根據文獻 ê 記載，早前佇日治時期 ê 1920 年代就有發現，只是佇彼個時陣干焦有一寡零散 ê 病例，無引起偌大 ê 注意佮重視。發生 ê 地區，以當時 ê 學甲、北門、布袋、義竹等鄉鎮比較嚴重。發病 ê 原因，主要是居民啉著含有一款號做「砷」ê 地下井水所引起。得著烏跤病，輕症 ê 人，會感覺患部麻痺、冷感，行路 ê 時會有小可仔無方便，是講，猶會當照常做工課；中度 ê 人，跤趾頭會有缺損、反烏，行路會痠疼、無力，毋過，嘛是猶有法度做工課；重病 ê 人，一跤抑雙跤下腿部就愛切斷，需要裝人工 ê 義肢；上嚴重 ê，會因為感染來死亡。

閣再加上彼个時陣，民眾ê教育不足智識未開，個認為烏跤病是一種陰病，是一種毋好ê物件，一定是當事者抑家屬捌做過什麼歹代誌，才會得著這種ê報應。所以，毋但患者本人無欲予醫生看；連病人ê親情朋友嘛毋敢佮個接近，恐驚去予穢著，致使誠濟患者，隨在伊雙跤痛疼、變烏、爛去，最後死亡。

佇烏跤病發作ê初期，因為臨床治療經驗ê欠缺，閣加上醫療設備ê不足，我干焦會當對輕度患者，做清洗、消毒、糊藥、止疼等等基本ê醫治；對重症患者，必須入院，甚至鋸跤ê人，我嘛不時感覺有心無力。逐工暗時，暝深夜靜ê時，攏聽會著患者痛疼哀呻ê哭聲；閣工透早，不時猶會發覺，有人袂堪著痛苦折磨，自殺ê身影⋯⋯

我猶會記得彼个時陣，看著病人遐爾仔痛苦，實在是無法度忍受，我就寫批共東京神學大學，英國籍ê教授富蘭克林報告，請教伊，教會對這寡人有啥物辦法無？後來伊親身來遮訪問，看著病人ê時，伊感嘆講：『假使耶穌若來台灣，一定會先到遮來照顧、安慰這寡病人。』佳哉，落尾伊寫一份有關烏跤病病患ê情況佮解決ê方法ê報告，分送予各地ê慈善團體佮教會。孫理蓮宣教師知影了後，就以芥菜種會ê名義出錢出力，成立烏跤病免費醫療中心『憐憫之門』來為個做醫療，情形才小可改善。」王金河誠熱心共烏跤病相關ê情形做一个簡單ê說明。

「我是內科醫生閣是基督教徒，除了提供場地以外，干焦會當予個基本ê治療佮精神ê安慰。這个過程上值得咱尊敬ê人，是孫

理蓮宣教師佮謝緯醫師。」王金河謙卑ê口氣裡，特別提起這二个人。

「請問謝緯醫師是啥物人？」陳永信頭一擺聽著這二人ê名，伊對謝緯醫師特別感覺好奇。

「謝醫師是南投人，台南神學院畢業了後，去東京醫專讀冊，算是我ê學弟。後來，轉來台灣接下伊ê老爸留落ê南投大同病院。1960年，伊接受孫理蓮ê邀請，兼任烏跤病免費診所ê義診醫師，伊逐禮拜固定一工，對南投來北門為病患做手術。南投到北門，路程相隔150公里，計程車一逝差不多愛2點半鐘，伊逐擺攏毛助理、紮器材，來共烏跤病病人，猶有其他症頭ê散赤人做手術，逐擺攏無閒到三更半暝才閣轉去南投。會記得有一擺，伊到半暝11點才離開北門，轉去南投ê時已經隔工透早欲2點矣。就按呢前後10冬，毋捌停睏，伊手術過ê病人超過1千人。一直到1970年6月，伊為欲趕緊去替病人急診，不幸發生車禍過身去……」王金河話講到遮，目箍小可紅紅。

「我拄才看免費診所那像無人矣？」陳永信進前經過免費診所門口ê時，內面看起來無啥人。

「哦？伊先佇1973年，由政府成立『烏跤病防治中心』，移交予省立台南病院管理；後來閣佇北門另外揣所在，興建『烏跤病防治中心』，所以免費診所就停辦矣！」王金河斟酌共陳永信說明。

「就算這個社會有濟濟無公平、無合理ê代誌，猶有一寡毋知民間困難艱苦ê人物。毋過，嘛是有親像王金河佮謝緯醫師這款善

良、慈悲ê好人。社會雖然無正常,猶是有希望。」告辭王醫師,離開北門鄉,陳永信坐佇車裡、看對窗外,按呢咧想。

另外,雖然謝緯醫師已經過身去矣,陳永信猶是足想欲知影伊ê一寡代誌,伊決定利用時間去一逝南投,訪問伊ê代誌,走揣伊ê跤跡!

陳永信知影謝醫師ê牽手楊瓊英醫師嘛是基督教徒,伊專工利用禮拜日下晡來到埔里,一下仔就揣著大同病院。

「楊醫師你好,我叫做陳永信啦!最近才對台灣師範大學畢業,我進前因為對烏跤病ê代誌真有興趣專工去拜訪王金河醫師,王醫師特別共我講著謝醫師偉大ê精神,所以我想欲來勞煩你,會當共我講謝醫師ê一寡代誌?」陳永信看著楊醫師,詳細共伊ê來意講予伊知影。

「哦,你專工對台南來喔?我以前嘛蹛佇台南呢!」楊瓊英醫師對陳永信這個台南囡仔,看起來誠有好感。

「謝醫師佮我是表兄妹仔,細漢ê時,阮阿母嘛捌炁我來南投𨑨迌,是講彼个時陣,咱猶細漢無啥物特別ê感覺。後來我去日本讀『東京女子醫專』,伊去讀『東京醫專』,彼時陣,平平是親情,又閣攏是佇東京,阮才較有機會見面。彼陣無電話,主要是寫批。經過幾擺ê約會,我感覺伊ê人袂穤,是一个有責任閣有愛心ê人,

後來，阮就決定以後欲做伙矣。1945 年 11 月，阮二人先佇日本松崎結婚。我猶會記得結婚進前，伊捌問過我：『結婚以後敢會當放棄醫學？』我共講：『好』。伊有講伊將來欲行 ê 路無簡單，有足濟 ê 困難，看我敢有法度承擔？我就戀戀仔共講：『有』。

隔冬 4 月，阮翁某轉來台灣，即時展開轉來台灣了後第一階段 ê 醫療傳道工課。一方面接手阿爸留落 ê 大同醫院 ê 事業，一方面佇南投教會義務協助傳道。

1947 年 9 月，伊擔任赤水教會義務傳道，以愛心關懷教會，會友深深受著伊 ê 感動；1948 年 12 月，佇台中中會設立為教師，參與「台中教會青年團契」ê 籌備工作；1949 年 2 月，封立做南投教會牧師，不時參與山地原住民 ê 醫療服務。1950 年到 1951 年，參與門諾會（M.C.C）所舉辦 ê 山地醫療團，時常跋山涉水，四界有地就睏 ê 自在工作。

有一工，教友孫理蓮牧師娘（Lillian R. Dickson）共謝醫師講，伊對山地同胞當中，患著佮和病危 ê 人，內心有一種足大 ê 負擔。

伊講：『謝醫師，遮 ê 散赤、艱苦 ê 人需要你，咱有一个巡迴診所，會當四、五个人做伙出診。咱愛向個傳講主 ê 事蹟，咱嘛為祂 ê 緣故來包個 ê 傷口，照顧個 ê 病疼。』

無偌久了後，孫理蓮牧師娘問謝醫師敢有意願去美國進一步研習？『按呢你就會當更加充實家己，來為上帝佮遮 ê 人服務。』

『這是另外一種挑戰，我祈禱了後知影這是出自主 ê 旨意，所

以我同意前去。』伫孫理蓮 ê 鼓勵之下，謝醫師按呢共家己講。

1951 年 10 月，伫孫理蓮 ê 安排之下，伊前往美國賓州大學深造，了後閣轉往水牛城綜合病院實習，從事外科方面 ê 研究。

伊去美國彼段時間，阮三個囝仔攏猶細漢，猶有『大家』愛奉待，經濟負擔傷大，我無法度，只好一爿照顧家庭，一爿共人看病。

1954 年 8 月，謝醫師學成了後對美轉來台灣；開始展開伊第二階段 ê 醫療、傳道佮社會參與事工。

伫醫療工作方面：1955 年 10 月，伊伫埔里建造完成「基督教山地中心診所」，也就是這馬 ê 埔里基督教醫院，並且擔任第一位 ê 醫師佮頭一任 ê 院長。

隔冬 1 月，伫鯉魚潭創立「基督教肺病療養院」，主要病患是原住民；1958 年 2 月，創辦「埔基護理訓練學校」，兼任義務講師，訓練原住民護理 ê 相關人才，一來增加原住民就業機會，二來建立原住民服務家己族人 ê 體系；1960 年 5 月，捐助成立由孫理蓮女士 ê「芥菜種會」創辦、王金河醫師主持 ê 台南北門「憐憫之門烏腳病免費診所」，並且兼任義務診療醫師，伊逐禮拜來回南投、台南三百公里，為病患施行手術，逐擺攏不時無閒到半暝十一、二點才離開北門，轉來南投已經是隔轉工透早一、二點矣。

這項代誌，王醫師應該有共你講過？」楊醫師勻勻仔共陳永信講起謝醫師 ê 過去，就親像伊家己 ê 經歷仝款，遐爾仔詳細、清楚。

「有啊！我就是聽王醫師所講 ê 這項代誌，毋才會足感動，想

欲進一步來認捌伊。」陳永信聽楊醫師 ê 講話聽 kah 強欲入神去，這時才 hiông-hiông 回神轉來。

「1964 年 1 月，謝醫師兼任二林基督教病院醫師，為沿海貧民佮小兒麻痺症患者義診。

佇傳道工作方面：1956 年 10 月創建「南投赤水教會」；1964 年 1 月，擔任台中中會副議長；1966 年 1 月，擔任台中中會議長；1968 年 6 月，hông 選做台灣基督教長老教會第十五屆副議長；隔冬 2 月，當選第十六屆議長，副議長是高俊明牧師。

1970 年 6 月 17 日，謝醫師對北門烏腳病院為病患做完手術，轉來到南投已經是透早四點矣。

伊小可歇睏了後，即時前往埔里療養院為病患看病，中晝轉來厝裡食飯、歇睏猶未滿十分鐘，hiông-hiông 接著二林基督教病院通知急診 ê 電話。

彼當時，我看伊傷過辛苦操勞矣，勸伊加歇睏一下，伊共我講：「我慢了一分鐘，病人就會加痛苦一分鐘，我袂當予病人加受苦。」伊無顧自身、救命要緊，即時前往二林基督教醫院，半路，因為疲勞過度，不幸發生車禍……」楊醫師講到遮，目箍紅起來，強欲講袂落去。

「伊傷過操勞矣，工課已經完成，上帝愛伊轉去天堂歇睏。」陳永信知影楊醫師這時心情足激動，趕緊共安慰。

「我猶會記得，伊佮我上尾一擺 ê 講話，伊一爿穿襪仔，一爿

共我講：『今仔日去二林看病了後，我會去彰化，有人欲請我食飯，所以有可能會較晏轉來。』伊是一个足有責任感ê人，若有啥物代誌，攏會先共我吩咐。想袂到，才過差不多半點鐘後，隔壁ê阿婆就走來共我講：『聽講阿緯先生ê車發生事故矣！』

我緊趕去，一路上我一直祈禱；『上帝啊！求祢保守阿緯ê活命，若是伊斷跤斷手，我願意照顧、幫助伊一世人，求祢存留伊ê活命！』來到現場，我目屎一直流，大聲一直哭，我心內向上帝祈求：『上帝啊，祢為什物欲共毛走？……上帝啊……伊是祢盡忠ê人……上帝啊……我袂當了解祢ê旨意……上帝啊……』」楊醫師話講到遮目屎一直流、一直流，陳永信嘛綴咧目屎一直流、一直流。

「『那會按呢？上帝啊！那會按呢？』伊過身了後，一起頭，我猶閣會按呢想。後來我才想講，伊是工課做了矣，上帝欲叫伊轉去，伊是幸福ê。按呢我才沓沓仔堅強起來。伊過身了後，我才真正對聖經ê話得著力量佮安慰：『咱褪腹裼出來老母ê胎，嘛會褪腹裼轉去遐，耶和華賞賜，耶和華提去，咱著呵咾耶和華ê名。』『倚靠耶和華，比倚靠人較好；倚靠耶和華，比倚靠王親較好。』『恁所拄著ê試，無一項毋是人ê常事。上帝是信實，無欲予恁遇著試過頭恁所會當；就是佇受試ê時，欲繼續開脫出ê路，予恁擔當會起。』我感謝上帝引毛我一步一步行過，予我感覺我佮上帝同在，佮我同在。」楊醫師講到遮，口氣聽起來足溫和，心情看起來嘛足平靜。

「著啦！謝醫師過身了後，我有佮家族猶有教會參詳，共原本佇鯉魚潭附近ê肺癆療養院捐出來，成做『謝緯青年紀念營地』，

提供予教會少年人,一位會當靈修、交誼佮訓練ê場所。彼个所在有一寡謝醫師ê資料佮文物,你若有興趣,會當去看覓。」陳永信欲離開進前,楊醫師臨時共伊講這個所在。

陳永信來到鯉魚潭邊仔ê紀念營地,先看著營地ê大門口一塊大石頭,頂頭寫二排字,頂排是「台灣基督長老教會」;下排是「謝緯青年紀念營地」。營地內面ê空地,佮有一塊大石頭,頂面刻有一句謝緯ê話:「在我生命中最偉大的力量乃是上帝的存在」;另外一欉樹跤,猶有一塊較細塊ê石頭,頂頭全款刻一句謝偉ê話:「甘願做戇人」。其他猶有禮拜堂、宿舍佮謝緯文物館等等建築物。

陳永信直接行入去營區內面,一个老先生拄好佇遐咧整理草埔。

「平安!」老先生看著陳永信,即時停落來,行過來相借問,人看起來真好禮。

「平安!」陳永信嘛趕緊客氣共回答。

「咱佗位來?有啥物貴事?」老先生面曝kah紅紅,喙仔笑笑。

「我對台南來ê啦!因為佇王金河醫師ê診所,聽伊講著烏跤病ê代誌佮謝緯醫師ê故事,感覺足感動,想欲來認捌伊一寡生平資料。我先去拜訪楊瓊英醫師,伊才閣推薦我來遮。」陳永信共老先生說明伊ê來意。

「哦!謝醫師確實是一個謙卑又閣偉大,真值得人尊敬佮數念ê人。你按呢專程來遮實在是予人足感心。」老先生講著謝醫師,

口氣充滿溫合佮敬意。

「頭前彼間就是謝醫師ê文物館啦！內底有誠濟伊生前留落ê資料物件佮生平簡介，你會當入去參觀看覓。」老先生手比對頭前斜對面ê文物館。

陳永信行入去文物館，內底除了保留袂少謝緯在生時陣使用過ê物件佮資料相片以外，猶有謝緯ê生平簡介：

「謝緯是1916年（日治時期大正5年）3月2日出世佇南投基督教家庭，阿爸謝斌醫師、阿母吳上忍長老，攏是虔誠ê基督教長老教會信徒。

1922年3月，伊提早入去南投公學校讀冊，佮伊ê大兄謝經成做仝同班同學。個兄弟二人成績攏足優秀，一个第一名、一个第二名；一个擔任級長、一个擔任副級長，總是同出同入，不時予人掠準個是雙生兄弟。

因為出身基督教家庭，謝緯個兄弟姐妹自細漢就不時佇教會出入，差不多逐工放學轉去厝裡了後，就會予老母吳長老趕去教會，學習白話字、彈風琴、背聖經，抑是跟隨長老探訪信徒等。

1925年ê款，彼當時讀公學校三年級ê謝緯，hiông-hiông染著嚴重ê肺膜炎佮腰子炎，強欲面臨死亡ê界線，這個危機也造成伊性命當中ê頭一擺轉幹點。

根據伊ê阿姊謝瓊ê回憶按呢講：『彼時你是國校三年級ê學生，有一工放學經過校門口，大叫一聲，逐家攏剉咧看你，你講：『予

我做一个仙人下降凡間！』紲落伸開雙手跳落去，毋過氣力無夠，到第五層 ê 時就規個身軀淪落去。雖然先父是醫生，同時又閣拜託幾個同事佮台中病院院長來醫治你 ê 病，毋過你 ê 病情卻是有時好有時穰，併發症連紲發生，予你 ê 病愈來愈沉重，嘛予先父對藥方失去了信心，就講：『假使上帝肯 ê 話祂就會賜你生命。』二個月 ê 時間裡，先父絞盡腦汁百般苦心醫治你，毋過猶原攏無起色，干焦當牧師會友來探望你，唱聖詩，為你代禱 ê 時，你才表現出小可 ê 四適佮快樂。有一工，眾人為你祈禱 ê 時，你竟然開嘴禱告說：『主啊！赦免我，予我 ê 病緊好起來，我一世人獻身予你差用。』對彼時你下願，真正一世人做上帝 ê 僕人，感謝主！祂聽你卑微軟弱 ê 呼聲，接納你至誠 ê 懇求 kap 絕望中 ê 呼救，成做活祭獻佇祂 ê 面前。』

1928 年 3 月，謝緯醫師對南投公學校畢業，佮兄哥謝經做伙前往台中一中投考，兄弟二人同時錄取並且進入全班就讀，而且蹛佇仝一間寢室。

讀中學 ê 期間，謝緯醫師佮大兄除了學業用心、生活規律以外，更加積極參與教會 ê 事工，毋但是優秀 ê 聖歌隊隊員，嘛 hông 聘請做主日學教員，對教會 ê 活動毋捌缺席，貢獻誠大。

1933 年 3 月，伊對台中一中畢業，同時參加台北高等學校考試，煞不幸落榜。原本，伊是希望考牢台北高校了後，閣再繼續讀大學醫學系，最後才閣再入去神學院，完成伊醫治病疼佮救人心靈 ê 行醫傳道工作。仝年 4 月 30 日，伊佇南投教會受洗，由郭朝成牧師

施洗。

1934年4月,伊入去台南神學院就讀,當時ê院長是滿雄才牧師,教授有武田公平、高金聲、楊士養、黃主義佮巴克禮等牧師。

佇神學院期間,伊無論佇課業抑是活動攏表現傑出,捌擔任學生會會長,得著誠濟同學ê敬重。伊日後佇〈我ê生涯〉內面講著,佇神學院時代學習ê三大重點:1、研究上帝、基督佮社會問題ê關係,佇這時期重生。2、喜歡閱讀賀川豐彥佮史懷哲等宣教師ê傳記。3、對音樂感到興趣。除了神學ê研究以外,伊嘛時常利用時間自修佮醫學相關ê預備科目,成做日後學醫ê準備。

1938年3月,伊自台南神學院畢業。仝年,前往日本東京醫學專門學校醫科讀冊;伊ê小弟謝綸,同時進入名古屋藥學專門學校。

1942年9月,伊對東京醫專畢業,先到大島汪修文醫師診所協助,無偌久接著厝裡ê批信,共講阿爸謝斌病重,大兄謝經嘛身體無好,希望伊轉來故鄉,協助家己厝裡『大同醫院』ê經營。隔冬,阿爸過身,葬禮了後,伊再度前往日本,繼續研究醫學。」紲落ê部分,就佮拄才揚醫師所講ê仝款。

另外,一份1970年6月20日ê新生報,頂面刊登〈仁心仁術一良醫——記南投縣名醫謝緯生前德行〉,對謝緯ê醫療佮生平做按呢ê報導:「謝緯醫師為人治病從無計較醫療費,假使是散赤人十之八久免費醫療,伊服務ê精神佮有錢ê人完全相仝,甚至閣較好。南投縣民猶有一個經驗,半暝假使發生急病患者,真濟醫師攏

叫毋開門，有時叫開門矣，嘛推三阻四無欲看病人，毋過若是去大同醫院揣謝醫師，就算是三更半暝，伊總是來者不拒，以救人第一，這是南投縣民上介愛講起 ê 代誌。」

「彼工佇南投基督教長老教會舉行總會葬，總共有三千外人參加追思禮拜，出山沿路，真濟南投鄉親主動設案相送，告別這位予人敬重感心 ê『南投耶穌』。伊是上帝賜予台灣上懸 ê 疼，嘛是基督送予人民上深 ê 愛。」陳永信欲離開 ê 時陣，彼个老先生閣行過來，一爿陪伊出門，一爿按呢共講。

「這一逝 ê 收穫有夠豐富，心情嘛有夠感動。」陳永信坐佇欲轉去台南 ê 車內，一直回想今仔日所聽著、所看著，有關謝緯 ê 代誌。這個世間有王金河佮謝緯這款人，性命就有意義、人生就有希望，這確實是上帝對眾生 ê 疼愛。

2007 年 9 月 29 日，「台灣烏跤病醫療紀念館」正式佇原來 ê「金河診所」成立。開幕典禮 ê 時，陳永信專工去參加這個足有意義 ê 活動。

彼工，陳水扁總統嘛接受邀請，特別來致詞，閣頒發「三等景星勳章」予王金河醫師。

「叔公，你好！誠久無看矣，我是陳永信啦！幾仔冬前我捌佮文榮仔做伙來拜訪你，毋知你敢猶閣會記得？」典禮結束了後，陳

永信遇著王醫師。

「哦？會啦！我會記得，你彼陣那像才對大學畢業，佮清水兄 ê 孫仔阿榮仔同齊來揣我開講，我會記得！」王醫師共陳永信 ê 雙手牽咧，喙仔笑嘻嘻，看起來足歡喜。陳永信予伊牽咧 ê 手，感覺非常 ê 柔軟、溫暖。

「叔公，恭喜你！嘛感謝你，留落這个跡爾好 ê 所在，予以後 ê 人會當學習、數念。」陳永信足誠心共王醫師恭喜、說謝。

「無啦，我無算啥啦！真正予人尊敬、呵咾 ê 是謝緯醫師才著。」王金河講著謝緯，予人感覺會出伊真心 ê 敬意。

「著啦！我進前來拜訪你了後，有去南投揣謝醫師 ê 牽手楊醫師，伊嘛共我講誠濟謝醫師 ê 故事，閣推薦我去埔里參觀『謝緯青年紀念營地』。我佇遐知影謝醫師 ê 一寡代誌，伊確實是一個值得人尊敬、數念 ê 人。」陳永信一直會記得彼工 ê 心情。

「謝緯醫師是台灣 ê 人格者，是我一世人 ê 精神導師。」上尾，王金河嚴肅、慎重，共陳永信按呢講。

王醫師猶有真濟代誌去無閒，陳永信毋敢耽誤伊傷濟時間。伊家己一人契佇眾人當中，四界參觀，hiông-hiông 佇一間展覽室，伊看著幾个玻璃罐仔，內底應該是用防腐劑浸咧，真久以前對烏跤病患者身軀鋸落來 ê 跤⋯⋯

「這寡跤，往過帶予伊 ê 主人偌爾濟 ê 痛疼；早前帶予伊 ê 醫

生佮爾濟ê心疼。希望伊就永遠停留佇這个所在,永遠伊袂閣再出現佇咱ê社會!」陳永信停佇彼寡玻璃罐仔頭前,心內有濟濟ê感慨。

臺南作家作品集全書目

● 第一輯

1	我們	・黃吉川 著	100.12	180元
2	莫有無——心情三印一	・白　聆 著	100.12	180元
3	英雄淚——周定邦布袋戲劇本集	・周定邦 著	100.12	240元
4	春日地圖	・陳金順 著	100.12	180元
5	葉笛及其現代詩研究	・郭倍甄 著	100.12	250元
6	府城詩篇	・林宗源 著	100.12	180元
7	走揣臺灣的記持	・藍淑貞 著	100.12	180元

● 第二輯

8	趙雲文選	・趙雲 著・陳昌明 主編	102.03	250元
9	人猿之死——林佛兒短篇小說選	・林佛兒 著	102.03	300元
10	詩歌聲裡	・胡民祥 著	102.03	250元
11	白髮記	・陳正雄 著	102.03	200元
12	南鵲是我，我是南鵲	・謝孟宗 著	102.03	200元
13	周嘯虹短篇小說選	・周嘯虹 著	102.03	200元
14	紫夢春迴雪蝶醉	・柯勃臣 著	102.03	220元
15	鹽分地帶文藝營研究	・康詠琪 著	102.03	300元

● 第三輯

16	許地山作品選	・許地山 著・陳萬益 編著	103.02	250元
17	漁父編年詩文集	・王三慶 著	103.02	250元
18	烏腳病庄	・楊青矗 著	103.02	250元
19	渡鳥——黃文博臺語詩集1	・黃文博 著	103.02	300元
20	噍吧哖兒女	・楊寶山 著	103.02	250元
21	如果・曾經	・林娟娟 著	103.02	200元
22	對邊緣到多元中心：台語文學ê主體建構	・方耀乾 著	103.02	300元
23	遠方的回聲	・李昭鈴 著	103.02	200元

● 第四輯

24	臺南作家評論選集	・廖淑芳 主編	104.03	280元
25	何瑞雄詩選	・何瑞雄 著	104.03	250元
26	足跡	・李鑫益 著	104.03	220元
27	爺爺與孫子	・丘榮襄 著	104.03	220元
28	笑指白雲去來	・陳丁林 著	104.03	220元
29	網內夢外——臺語詩集	・藍淑貞 著	104.03	200元

● 第五輯

30	自己做陀螺——薛林詩選	・薛林 著・龔華 主編	105.04	300元
31	舊府城・新傳講——歷史都心文化園區傳講人之訪談札記	・蔡蕙如 著	105.04	250元

32 戰後臺灣詩史「反抗敘事」的建構	・陳瀅州 著	105.04	350元
33 對戲，入戲	・陳崇民 著	105.04	250元

● 第六輯

34 漂泊的民族──王育德選集	・王育德 原著・呂美親 編譯	106.02	380元
35 洪鐵濤文集	・洪鐵濤 原著・陳曉怡 編	106.02	300元
36 袖海集	・吳榮富 著	106.02	320元
37 黑盒本事	・林信宏 著	106.02	250元
38 愛河夜遊想當年	・許正勳 著	106.02	250元
39 台灣母語文學：少數文學史書寫理論	・方耀乾 著	106.02	300元

● 第七輯

40 府城今昔	・龔顯宗 著	106.12	300元
41 台灣鄉土傳奇 二集	・黃勁連 編著	106.12	300元
42 眠夢南瀛	・陳正雄 著	106.12	250元
43 記憶的盒子	・周梅春 著	106.12	250元
44 阿立祖回家	・楊寶山 著	106.12	250元
45 顏色	・邱致清 著	106.12	250元
46 築劇	・陸昕慈 著	106.12	300元
47 夜空恬靜一流星 台語文學評論	・陳金順 著	106.12	300元

● 第八輯

48 太陽旗下的小子	・林清文 著	108.11	380元
49 落花時節──葉笛詩文集	・葉笛 著 ・葉蓁蓁 葉瓊霞 編	108.11	360元
50 許達然散文集	・許達然 著 莊永清 編	108.11	420元
51 陳玉珠的童話花園	・陳玉珠 著	108.11	300元
52 和風 人隨行	・陳志良 著	108.11	320元
53 臺南映像	・謝振宗 著	108.11	360元
54【籤詩現代版】天光雲影	・林柏維 著	108.11	300元

● 第九輯

55 黃靈芝小說選（上冊）	・黃靈芝 原著・阮文雅 編譯	109.11	300元
56 黃靈芝小說選（下冊）	・黃靈芝 原著・阮文雅 編譯	109.11	300元
57 自畫像	・劉耿一 著・曾雅雲 編	109.11	280元
58 素涅集	・吳東晟 著	109.11	350元
59 追尋府城	・蕭文 著	109.11	250元
60 台江大海翁	・黃徙 著	109.11	280元
61 南國囡仔	・林益彰 著	109.11	260元
62 火種	・吳嘉芬 著	109.11	220元
63 臺灣地方文學獎考察──以南瀛文學獎為主要觀察對象	・葉姿吟 著	109.11	220元

● 第十輯

64 素朴の心	・張良澤 著	110.05	320元
65 電波聲外文思漾——黃鑑村（青釧）文學作品暨研究集	・顧振輝	110.05	450元
66 記持開始食餌	・柯柏榮 著	110.05	380元
67 月落胭脂巷	・小城綾子（連鈺慧）著	110.05	320元
68 亂世英雄傾國淚	・陳崇民 著	110.03	420元

● 第十一輯

69 儷朋／聆月詩集	・陳進雄・吳素娥 著	110.12	200元
70 光陰走過的南方	・辛金順 著	110.12	300元
71 流離人生	・楊寶山 著	110.12	350元
72 臺灣勸世四句聯—好話一牛車	・林仙化 著	110.12	300元
73 台南囝仔	・陳榕笙 著	110.12	250元

● 第十二輯

74 李步雲漢詩選集	・李步雲 著・王雅儀 編	111.12	320元
75 停雲　粟耘散文選	・粟耘 著・謝鵬 編選	111.12	360元
76 解剖一隻埃及斑蚊	・王羅蜜多 著	111.12	220元
77 木麻黃公路	・方秋停 著	111.12	250元
78 竊笑的憤怒鳥	・郭桂玲 著	111.12	220元

● 第十三輯

79 拈花對天窗—龔顯榮詩集	・龔顯榮 著・李若鶯 編	112.10	250元
80 我在；我在鹽鄉種田	・林仙龍 著	112.10	360元
81 向文字深邃處摘星——華語文學評論集	・顏銘俊 著	112.10	300元
82 記述府城：水交社	・蕭　文 著	112.10	280元
83 往事一幕一幕	・許正勳 著	112.10	280元
84 南國夢獸	・林益彰 著	112.10	360元

● 第十四輯

85 拾遺集	・龔顯宗 著	114.08	250元
86 每個晨讀都是簡樸的邀請	・蔡錦德 著	114.08	300元
87 毋・捌 --ê	・陳正雄 著	114.08	250元
88 再來一杯米酒	・鄭清和 著	114.08	350元
89 司馬遷凝日注視	・周志仁 著	114.08	300元
90 拾萃	・陸昕慈 著	114.08	350元

臺南作家作品集 87（第 14 輯）03　毋 - 捌 --ê　台語短篇小說集

作者	陳正雄
總監	黃雅玲
督導	林韋旭、林喬彬、方敏華
主編委員	王建國、陳昌明、廖淑芳、田運良、張俐璇
行政編輯	王世宏、李中慧、劉亦慈、鍾尚佑
社長	林宜澐
執行編輯	王威智
封面設計	黃祺芸
出版	臺南市政府文化局
	永華市政中心｜708201 臺南市安平區永華路二段 6 號 13 樓｜06-2991111
	新營文化中心｜730210 臺南市新營區中正路 23 號 5 樓｜06-6324453
	網址｜https://culture.tainan.gov.tw/
	蔚藍文化出版股份有限公司
	110408 臺北市信義區基隆路 1 段 176 號 5 樓之 1｜02-22431897
	臉書｜https://www.facebook.com/AZUREPUBLISH/
	讀者服務信箱｜azurebks@gmail.com
總經銷	大和書報圖書股份有限公司
	24890 新北市新莊市五工五路 2 號｜02-89902588
法律顧問	眾律國際法律事務所
著作權律師	范國華律師
	電話｜02-27595585
	網站｜www.zoomlaw.net
印刷	世和印製企業有限公司
定價	新臺幣 250 元
初版一刷	2025 年 8 月
ISBN	9786267719213（平裝）
GPN	1011400645｜臺南文學叢書 L171｜局總號 2025-812

國家圖書館出版品預行編目 (CIP) 資料

毋 - 捌 --ê：台語短篇小說集 / 陳正雄著 . -- 初版 . -- 臺南市：臺南市政
府文化局；臺北市：蔚藍文化出版股份有限公司, 2025.08
　　面；　公分 . -- (臺南作家作品集；第 14 輯)
台語版
ISBN 978-626-7719-21-3(平裝)

863.57　　　　　　　　　　　　　　　　　　　　　　　　114008424

著作權所有，翻印必究　　　　　　　本書若有缺頁、破損、裝訂錯誤，請寄回更換。